같이 산 지 십 년

同婚十年

같이 산 지 십 년

同婚十年

레즈비언 부부,
커밍아웃에서
결혼까지

천쉐 지음
채안나 옮김

글항아리

: 추천사

:

『같이 산 지 십 년』은 대만 레즈비언 부부의 일상이 켜켜이 쌓여 만들어진 책이다. 레즈비언 부부의 일상은 다르지 않다. 작가 천쉐와 배우자 짜오찬런은 휴일이면 함께 장을 보고 요리를 하며 가끔 영화를 보러 간다.

그러나 레즈비언 부부의 일상은 다르다. 큰 수술을 앞둔 천쉐는 법적 가족만 보호자가 될 수 있다는 간호사의 말에 배우자가 아닌 남동생에게 전화를 한다. 친구들을 초대해 저녁을 먹는 날도, 거리에 나가 동성결혼 법제화를 외치는 날도 이들에게는 모두 삶의 동일한 한 페이지다.

뜨거운 러브 스토리로도, 부부의 소소한 일상록으로도, 동성결혼에 먼저 도달한 사회의 기록으로도 이 책을 추천하고 싶다. 아, 집밥에 진심인 푸드 에세이를 원한다면 더할 나위 없이 훌륭한 책이기도 하다. 요리로 소셜미디어 스타가 된 짜오찬런이 직접 키우는 야채를 따다 만든 볶음요리 묘사를 읽다보면 나도 모르게 입안에 군침이 돈다.

개인적으로는 하나의 부적으로 이 책을 간직하고 싶다. 하루 한 장씩 천쉐 부부의 이야기를 읽다보면 책을 덮을 즈음에는 한국도

달라져 있을 것만 같다. 나도 와이프의 법적 보호자가 될 수 있는 날이 와 있을 것만 같다. 진부한 말이지만, 결국 사랑이 이기니까.

김규진 『언니, 나랑 결혼할래요?』 저자

:

22년 전, 한 여고생은 다음과 같은 유서를 남겼다.

'이 세상의 본질이 우리와 맞지 않는다.'

『같이 산 지 십 년』은 22년 전의 유서에 대한 공감이며 응답이고, 동시에 투쟁이고 삶이다. 이 세상의 본질과 맞지 않은 우리의 삶은 우리가 원하든 원하지 않든 모종의 만유인력에 의해 투쟁에 가까워진다. 천쉐와 짜오찬런의 사랑 이야기는 험난하고도 아름답기에 이들이 함께한 삶의 기록은 그 존재만으로 우리가 이 세상의 본질과 맞지 않는 것이 아니라 우리가 이 세상의 본질임을 증명한다. 우리는 이 세상의 본질이고, 세상의 본질은 사랑이다.

사랑을 곡해하고 오용하는 사람들 때문에 22년 전 누군가가 스스로 목숨을 끊었다. 아직 인간이 인지하는 시간은 앞으로만 가기에 우리는 이 기록을 간직해야 한다. 정독해야 한다. 먼 훗날, 아주 옛날에는 사람들이 사랑이라는 감정을 너무 신기해한 나머지 곡해하고 오용하고 말았던 일이 흔했더라고 알려야 한다. 우리가 이 세상의 본질임이 느리고 천천히, 지난하고 피곤하게 드러나는 그 순간을 맞이하기 위해 천쉐와 짜오찬런의 10년을 기억하기로 하자.

슬릭 뮤지션

차 례

:

제 3 부
10년 후

일러두기

• 본문 각주는 모두 옮긴이 주다.

제 1 부
출발

: 시작

2002년 겨울이었다. 나는 타이중臺中에서 타이베이臺北로 이사를 왔다. 어느 날 출판사에서 주최한 파티에 참석했는데 그곳에서 출판사 직원이었던 그녀를 만나게 되었다.

아마 불빛 때문이었을까. 사인회에서 무대 위 내 옆에 앉아 있던 그녀는 흔한 흰색 셔츠 차림에 낯을 가리는 듯 조용했다. 이미 여러 해가 지나 자세히 생각나지 않지만 우리가 알게 된 그날을 떠올리면 조용히 집중하던 그녀의 표정만은 또렷이 기억난다. 그날 우리는 아무 말도 나누지 않았고 그녀는 단지 가볍게 몇 번 웃었을 뿐이었다. 하지만 나는 장담할 수 있다. 어떤 설명할 수 없는 신비로운 이유로 그날 이미 그녀를 사랑하게 되었다는 것을 말이다.

그러나 사실 그날은 우리의 첫 만남이 아니었다. 같은 해 그보다 먼저 열렸던 나의 신간 발표회에 그녀도 출판사 친구들과 함께 현장에 있었다고 짜오찬런早餐人•은 말했다. 발표회는 2층에서 열렸다. 그녀는 2층으로 올라가는 계단 모퉁이에서 내 이야기를 듣다가 떠났다고 했다.

"우리 사이에 분명히 무슨 일이 생길 것만 같아."

그녀는 예감했었다.

우리 사이에 생긴 일. 좋아함, 기쁨, 슬픔, 비애, 불안, 불길한 운명, 애달픔, 상상이 가능한 스토리, 상상을 초월하는 일이 모두 일어났다. 하지만 로맨틱하고 신비로운 첫 만남 후에는 생각지 못했다. 아니, 상상조차 못했다. 지금처럼 평범하게 서로를 깊이 의지하는 관계가 될 수 있을지, 이렇게 페이스북과 사인회에서 다른 사람에게 공개적으로 우리 관계를 알릴 수 있을지를 말이다. 우리 만남은 아름다운 선물이었다.

밤에 들어온 그녀를 아주 오랜만에 만난 것마냥 바라보며 말했다.

"술 마셨어?"

• '아침 식사인'이라는 뜻. 평소에 교대 근무를 하는 짜오찬런이 평소 야간 근무를 하면 오직 아침 시간만을 함께 보낼 수 있어 아침 식사를 거하게 차려줬다고 한다. 그때부터 저자는 그녀를 짜오찬런이라고 부르기 시작했다.

"아이스 커피만 마셨어."

그녀가 대답했다.

"왜 얼굴이 빨개?"

"모르겠어."

"너 좀 말랐다."

내가 말했다.

가볍게 그녀의 얼굴을 매만지니 시간이 멈추는 것 같았다. 맨 처음 서양식 레스토랑에서 우리는 멀리 떨어져 있었지만 나는 제대로 보았다. 창백한 얼굴에 박힌 담백한 주근깨를, 볼 때마다 수줍어져 숨고 싶어지는 깊은 눈망울을, 고양이처럼 뾰족한 턱을. 나는 그때 내 팔이 길게 늘어나 사람들 사이를 훌쩍 넘어 그 얼굴을 쓰다듬을 수 있었으면 하고 바랐었다.

부끄러운 지난 일이다. 그러나 그녀에게 느꼈던 당시의 충동적인 마음은 여전하며 지금 그녀 역시 나를 뚫어져라 본다는 사실이 기분 좋다.

시간이 지나가도 이 초심을 잊지 않기를.

: 꿈

오랫동안 이런 적이 없었다. 그치지 않는 비가 기억 속 깊은 곳까지 나를 밀어넣었다. 모든 것이 꿈이었다. 아무것도 쓰고 싶지 않아서 하염없이 책만 읽었다. 종이에 제일 좋아하는 구절을 연필로 쓰다가 3~4년 동안 필사를 하지 않아 손이 못쓰게 되었다는 것이 떠올랐다. 연필을 돌려보니 손은 변함없는 것 같다. 연필은 가벼웠고 글자는 언제든지 사라질 것 같았다.

그해 겨울 우리가 다시 만나 결혼해서 같이 살기 시작했을 때가 생각난다. 그 겨울은 유난히 추웠다. 몸 상태가 너무 안 좋아 찬바람을 맞으면 온몸이 다 아플 정도였다. 하루가 1년 같았던 겨울이어서 미래는 상상할 수조차 없었다. 공기는 습하고 무거워서 마치 실체가 있는 것처럼 느껴졌기에 입을 열어야만 겨우 공기를 들이마실 수 있었다. 호흡이 그렇게 괴로울 수가 없었다.

그 추운 겨울 이사 간 낯선 집은 물이 계속 샜다. 재난 영화 같았던 몇 달이었다. 지금도 차를 타고 그 지하철역을 지날 때면 심장이 쿵쿵 뛴다. 이따금 나는 웃으며 그 집과는 인연이 없었다고 말한다. 정말 인연이 없었다. 좋은 기억이 아닌데도 그 집의 모든 것을 여전히 기억한다. 그 겨울은 매서웠지만 그토록 끔찍한 꿈에서 결국엔 탈출할 수 있었다.

가끔은 기억의 검은 구멍 속으로 들어간다. 살다보면 몇 개의 아픈 곳이 생긴다. 새벽 일찍 거울을 보다가 얼굴에 시간이 층층이 쌓여 있어 놀랐다. 상처가 이렇게 많다니. 하지만 세월이 만든 상처, 주름, 얼룩, 그림자일 뿐 웃으면 사라질 것들이다. 때로는 숨겨지지 않아 눈을 똑바로 뜨고 보다보면 시야가 흐릿해진다.

그녀는 점심에 나갔다. 비는 여전히 내리고 있었고 잠시 후 내가 나갔을 때 대로변이 물로 흥건했다. 갑자기 내가 어디에 가려고 했는지 기억이 안 나 길에서 잠깐 배회했다. 요 며칠 악몽 탓에 머릿속이 벌레에게 잡아먹혀 텅 빈 듯했다. 흐릿한 기억만이 남았다. 책을 여러 권 읽고 많이 베껴 썼는데 그 글자와 문장이 자는 도중에 긴 글로 완성되었다. 마치 보낼 수 없는 편지인 양.

내가 너를 사랑한다는 것을 기억해.

나는 너를 사랑한다는 것을 기억할게.

인연 없던 집에서 보낸 비참했던 나날, 우리가 어떻게 악몽의 미궁에서 빠져나와 충분한 햇빛이 있는 곳까지 달려 나왔는지 기억한다. 그것은 저주였다. 그 저주를 잊지 말자.

창밖에서 개가 짖었다. 나는 다시 집으로 돌아와 밥을 배불리 먹고 머리를 말렸다. 어떤 일을 겪든 나는 항상 그 저주를 읊조린다. 내가 너를 사랑한다는 것을 기억해. 만약 내가 모든 것을 잊는다면 내게 다시 일깨워줘야 해. 만약 내가 지긋지긋해지면 너 자신에게 일깨워줘.

우리는 사랑하는 사이야.

비가 그칠 것 같았다. 나뭇잎에 떨어진 비가 거미줄처럼 얽혀 나를 감쌌다. 나는 다시 생각했다.

밤에 네가 낯선 모습으로 집에 들어오면 온 세상이 빛날 거라고 상상했다. 모든 일이 처음부터 시작될 것이다. 베란다 식물도, 병충해를 입어 불에 탄 듯 갑자기 그을린 바질도, 부러진 마른 가지와 썩은 잎도 결국 모조리 살아서 돌아올 것이다.

나는 다시 처음부터 너를 사랑할 거야.

다시 시작은 언제나 처음처럼.

계절에 따라 꽃이 피고 지듯, 봄, 여름, 가을, 겨울, 계절이 변하고 시간이 흘러도 늘, 당연한 일이야.

내가 너를 사랑한다는 걸 기억해.

나를 따라서 말해줄래.

눈물이 고여 있든 미소를 머금었든 우리는 항상 같이 걸어갈 거야.

: 만남

너를 만나지 못했다면 어떻게 살았고 어떤 사람이 되었을지 모르겠다. 하지만 결국 너를 만나서 지금과 같은 사람이 되었을 거라고 생각한다.

: 그냥 너랑 연애하고 싶어

"연애하고 싶어!"

어젯밤 짜오찬런이 나에게 말했다.

"좋아. 내가 방법을 생각해볼게."

나는 솔직히 조금 놀랐지만 놀라지 않은 척 말했다.

"그런데 나는 너랑 연애하고 싶어. 다른 사람이 아니고 너랑."

나는 흠칫 놀랐다.

"우리 지금 연애하고 있잖아!"

"맞아. 근데 내가 말하는 건 이런 게 아니고."

"노부부 같은 그런 거?"

"그런 것 같기도 하고 아닌 것 같기도 하네. 근데 우리 지금 이렇게 좋은데. 음…… 뭔지 알겠지?”

알 것 같았다. 그것은 연애를 막 시작할 때의 느낌을 말했다. 온 신경이 그에게 쏠려 있고 강력한 상상이 생겨나는, 상대방의 모든 것이 내 생활의 중심이 되는 것. 그의 목소리, 웃음, 일거수일투족이 세상에서 가장 아름다운 것. 그의 과거가 너무나 알고 싶고 내가 아직 모르는 그의 모습이 궁금한 것. 그 역시 같은 강도로 나에게 반응하는 것.

그때 우리의 천지가 처음 열리고 만물에 아직 이름이 없었다. 가능성을 지닌 모든 것이 시작되고 있었다.

“근데 나는 그냥 너랑 연애하고 싶어.”

짜오찬런은 말했다.

“나도 마찬가지야.”

우리 사랑은 이미 첩첩산중을 넘고 사막을 가로질러 밀림과 가시나무, 가장 고달픈 황량한 들판을 지나 평지에 있는 평범한 골목에 도착했다. 이는 고통스러운 천신만고를 겪어야 닿을 수 있는 고요함이다. 그래서 우리는 늘 서로를 소중하게 여긴다.

나는 그녀를 안으며 말했다.

“지금도 연애할 수 있지.”

그러면서 우리 기억 속에 있는 수많은 장면을 떠올렸다. 마치 어제 일처럼 생생했다.

"우리 지금 이대로도 좋아."

"연애하기 싫어진 거야?"

나는 짜오찬런을 놀리듯 말했고 그녀는 웃었다.

우리는 연애를 아주 많이 한 거야.

지금 이대로 참 좋아.

: 안개 같은 사랑

사랑은 안개와 같아서 늘 갑작스레 다가와 예상을 넘어선다.

우리는 사랑의 안갯속에서 두려움과 불안함을 느끼며 그 사랑이 우리 것이 아닐까봐 겁을 내곤 한다. 마치 허공 속에서 갑자기 나타났다 덧없이 사라지기도 하는 것 같다.

우리는 종종 사랑하는 사람이 나의 진짜 모습을 보았을지, 그가 내 본연의 모습을 알게 되면 그 사랑이 없어지는 게 아닐까 우려한다.

사랑할 때 연인들은 전전긍긍 일희일비한다. 사랑을 가졌을 때는 잃을 것을 두려워하고 사랑을 잃고 나서는 다시는 가질 수 없을까 두려워한다. 마치 슬픔만이 진실이고 행복은 단지 환영에 지나지 않는 것처럼.

도대체 무엇을 믿을 수 있는 걸까? 무엇을 움켜쥐어야 될까? 어떤 사랑이 견고한 것일까? 내가 지녀야만 하는 것은 무엇일까? 어떤 것이 내 것일까? 없어지지 않는 것은 무엇일까?

: 험난한 연애의 길

험난한 연애를 많이 해봤다. 최선을 다했지만 순조롭지 않았다. 사랑이 너무 늦어서, 너무 일러서, 또 거리가 너무 가까워서, 너무 멀어서, 하늘과 땅이 돕지 않았고 인연이 아니었다. 하지만 대부분 어떻게 사랑을 유지해야 하는지 잘 몰라서였다.

대단히 단순한 사랑이라는 생각이 들곤 한다. 어쩌면 이미 온갖 세상일을 겪으면서 단순한 평온을 원하게 됐기 때문이 아닐까. 이 순간, 마침내 나는 '누구와도 잘 지낼 수 있는 사람'이 된 것이다. 그래서 펑펑 울고 싶어지기도 한다.

아주 기이한 느낌이다. 예전의 네가 아니라 드디어 진정한 너 자신에 가까워졌구나.

: 세뱃돈

점심에 우리는 화타이華泰 호텔에 도착했다. 큰 고모가 우리를 기다리고 있었는데 짜오찬런이 말한 대로 그녀는 70대였지만 여전히 온화하고 아름다웠다. 나를 보자마자 내 손을 꼭 잡고 우리 집에 잘 왔다고 하셨다. 잠시 후 둘째 고모도 오셨다. 자애로운 어머니처럼 밝고 따뜻한 그분은 나를 보고 꽉 안아주며 말씀하셨다.

"반가워요. 우리는 이제 가족이에요."

그러고는 두 분께서 첫 만남의 선물이라며 세뱃돈 봉투를 주셨다. 아, 감동이 밀려왔다.

식사를 하면서 고모들이 이미 세상을 떠난 할아버지와 할머니의 이야기를 해주셨다. 가족 간에 있었던 재미있는 일, 짜오찬런의 어린 시절, 일찍 돌아가신 시아버지 이야기를 들으며 활발한 고모들 덕에 긴장을 풀 수 있었다. 알고 보니 사촌 오빠는 둘째 고모에게, 둘째 고모는 큰 고모에게, 큰 고모는 시어머니에게 말해 가족회의를 열어 온 가족이 나오게 하려고 했단다. 호탕한 성격인 큰 고모의 주도로 우리 둘은 부지불식간에 가족의 인정을 받은 것이다. 그 과정 중에 어쩌면 잡음이 있었을 거라고 생각했다. 우리는 시어머니가 이로 인해서 뒷말을 들을까 걱정했지만 의외로 그런 일은 일어나지 않았다. 모두 각자의 방식대로 열렬히 혹은 덤덤히 이해하고 포용해주었다.

어려서부터 친척과 소원했던 나는 이렇게 가족들이 모인 것을 본 적이 없었기에 이번 설날에 엄청난 울림을 받았다. 친척과의 만남을 통해 짜오찬런의 지난 시절을 더 알게 된 것 같았다. 고풍스러운 집안 분위기와 따뜻하고 진보적인 친척 관계를 이해하게 되었는데 이는 내가 처음 경험해보는 것이었다.

인정을 받고자 했던 것이 아니었기에 이렇게 갑작스럽게 받아들여진 나와 짜오찬런은 몹시 감동하여 떨 듯이 행복했다. 넓은 도량과 포용력을 보며 그들이 사랑하는 방식을 알았고 진심을 다해 누군가를 사랑하는 것이 중요하다는 믿음이 더욱 확고해졌다. 호모포비아를 피할 수는 없겠지만 시간은 우리에게 가장 큰 위안을 건넬 것이다. 긴긴 시간이 지나가면 반드시 누군가는 우리를 이해할 것이고 누군가는 우리에게 호의를 보일 것이다.

헤어질 때는 고모들과 각각 포옹을 하고 손을 부여잡고 아래층으로 내려갔다.

"우리 모두 천쉐 씨를 좋아해요."

고모들은 자주 만나자는 말을 덧붙였고 짜오찬런은 몇 번이나 눈시울을 붉혔다. 감성적인 둘째 고모도 손수건으로 눈물을 훔쳤다.

연결되어 있는 것이야말로 사랑이 지니는 중요한 가치가 아닐까. 이 연결의 끈은 우리 두 사람에 그치지 않고 우리와 다른 사람까지 이어준다. 이는 타인의 시선을 염두에 두지 않고 넓은 마음으로 사랑을 하기 때문일 것이다.

운이 좋긴 했지만 우리도 진심을 다했다. 어떤 일은 마치 기적과 같아서 그 일이 일어났을 때 진정으로 살아 있음을, 진정으로 살아갈 수 있음을, 삶을 지속할 수 있음을 느끼게 한다. 그러다보면 어느새 세계가 바뀌고 나 또한 강인하고 따뜻하게 변해, 넓어진 시야로 수많은 가시나무 길을 초연하게 걸어갈 수 있게 되는 것이다.

사랑의 힘을 쭉 믿자. 이렇게 다른 사람을 사랑할 수 있을 때까지.

계속 믿어야만 한다.

: 이번에는 꽉 잡았어

넉넉지 않은 살림이지만 우리는 심플하고 재미있게 지낸다. 멀리 사는 페이스북 친구는 종종 야채를 보내준다. 이웃집 언니처럼 맛있는 게 생기면 우리에게 나누어 주고 옷까지 보내주곤 한다. 나이를 먹으니 친구가 입던 옷이 좋아져서 새 옷이라 생각하고 입는다. 왠지 각별하고 따뜻하게 느껴진다.

오늘 막 받은 신선한 양배추, 물이 많은 양파, 돼지고기에는 으레 그렇듯 시어머니의 사랑이 담겨 있었다. 오늘은 야채가 두 가지나 생겼다. 대륙 출신인 시장 아주머니가 만든 음식이 맛있어서 마라야쉐麻辣鴨血•와 매운멸치볶음을 2인분에 50위안을 주고 샀다. 마늘 사는 것은 또 잊어버렸다. 양배추생강볶음이 아삭하고 맛있었다.

청과 시장에 야채가 많은 것은 당연지사. 그 시장에서는 점잖은 바나나 아저씨가 토마토도 곁들여 판다. 늘 셔츠에 양복바지를 입고 있는 그가 전매하는 타이중 바나나는 향수를 자극하곤 한다.

우리만의 라이프스타일을 찾아냈다. 적게 벌어 적게 쓰고 남는 시간은 대부분 독서를 하거나 좋아하는 일에 할애하니 생활이 더 여유로워졌다. 마치 학생처럼 살림이 단출해져 무엇을 갖든 즐거웠다. 야채를 얻어도, 요리를 해도, 야채를 남김없이 먹는 것도 기분이 무척 좋았다. 새로운 음식을 냉장 보관할 때의 느낌마저 좋았다. 이따금 친구와 맛있는 한 끼를 먹을 때는 기념일을 보내는 것 같았다.

월세방, 아픈 곳이 있지만 귀여운 고양이, 중고 옷장, 멀리서 사 온 야채, 직접 산 책, 남은 긴 세월처럼 가진 것은 적지만 나의 모든 것을 사랑한다면 마흔 살과 스무 살의 생활은 별반 다르지 않다. 더 이상 마음이 허허롭지 않아 더욱 멀리 볼 수 있는 여유가 생긴다.

젊었을 때부터 모든 것은 글쓰기를 중심으로 가능한 간소화했기에 이런 삶에 익숙해져 있었다. 짜오찬런이 배우자가 될 줄은 예상 못한 터라 이렇게 되었을 때 놀랍고 이상했지만 곧 자연스레 스며들었다.

꿈꿔왔던 완벽한 사랑, 이번에는 꽉 잡았어.

• 맵고 얼얼한 오리 피 요리

: 천천히

나는 성미가 거칠고 급한 편이라 글을 쓸 때만 집중을 잘하지 다른 일에는 좀체 차분하지 못하다. 혼자 지낸 지 오래되어서인지 가끔은 말할 때 신중하지 못하고, 가끔은 덤벙거려 짜오찬런의 심기를 건드리곤 한다. 자주 허둥지둥하고 건망증이 심하다. 혼자 살 적에는 습관이 되어 괜찮았는데 곁에 그녀가 있으니 내가 몰상식해 보이는 것 같다. '천천히 해' '조급해하지 마'라는 말을 자주 듣는다.

짜오찬런이 출근하면 혼자 고양이를 돌본다(내가 떠드는 소리를 들어주니 고양이 두 마리가 나를 돌본다고 표현하는 게 낫겠다). 마치 집에 어른이 없어서 제멋대로 행동하는 아이가 된 것처럼 식탁, 책상, 찻상 모든 곳에 각종 책, 종이, 물건을 어질러놓는다. 해질 무렵이 되어 시간을 얼추 계산해본 뒤에, 개학 직전 밀린 여름 방학 숙제를 해치우는 어린아이처럼 집안을 정리한다. 그녀가 집에 와서 짜증을 느끼지 않았으면 하는 마음에.

짜오찬런은 느지막이 귀가하고 늦게 잠자리에 든다. 나는 12시가 되면 바로 잠을 청한다. 일찍 자고 일찌감치 일어나서 토스트와 따뜻한 두유로 허기를 달랜다. 짜오찬런이 일어나서 아침 식사를 준비하면, 먹을 배를 남겨뒀던 나는 갓 만든 맛있는 요리를 한 입만 달라며 그녀를 귀찮게 하곤 한다.

느릿느릿 아침 식사를 식탁에 올려둔 뒤 침착하게 먹는 모습을 멀뚱히 보고 있자면 정말이지 우아해 보인다. 자신이 먹을 것을 준비하는 건데도 그렇게 심혈을 기울이다니. 바보같이 식탁을 빤히 보며 이 사람의 모든 면이 나와 전혀 다른 리듬감의 시공 안에 있다는 생각이 들었다. 내가 있는 곳만 안 보면 모든 게 이토록 평온하고 아름다운데……. 그러고 나의 공간을 보니 지저분하고 시끄럽고 산만했다. 짜오찬런은 나와 함께 생활하는 게 분명히 힘들 거야. 그래도 어쩔 수 없지 뭐. 우리는 부부인데.

나는 자신에게 소리쳤다. 으이구, 못난아. 성미가 좀 급하긴 해도 내 사랑은 진짜라고! 책상 가득 쌓여 있는 쓰레기가 눈에 들어왔다. 이제 쓸데없는 말은 그만하고 빨리 가서 치워야겠다.

: 전 여자 친구의 메뉴

어제저녁에 여느 때처럼 시장에서 장을 보는데 짜오찬런이 먹고 싶은 게 없는 건지 도무지 먼저 메뉴를 말해주지 않았다. 그저 오늘 토마토고기볶음을 먹자고만 할 뿐이었다.

다진 고기, 두부, 오이, 대파를 고르고 그녀가 레몬도 사야 한다고 해서 되돌아가 레몬과 예쁘게 생긴 오렌지도 조금 샀다.

짜오찬런이 요리하는 동안 나는 의자를 끌고 와 옆에 앉아 같이 이야기하기 시작했다.

“전 여자 친구들이 요리를 잘했던 건 아닌데, 다들 나한테 집안 대대로 내려오는 필살기 요리를 가르쳐주더라.”

토마토고기볶음이 바로 첫 번째 여자 친구가 가르쳐준 윈난雲南

식 요리라고 그녀가 말했다. 하지만 그때 향료를 너무 많이 먹어서 쉽게 찾을 수 있는 재료로 대체했다고 했다.

대파를 채썰고(저마다 용도가 있다며 다른 크기로 썰었다) 생강과 통마늘도 잘게 썰었다. 그러고는 큰 그릇에 대파와 생강을 넣고 다진 고기도 절반을 넣었다. 두부 봉지를 열더니…….

"내가 지금 뭐 하는 건지 전혀 감도 안 오지?"

곰곰이 생각해보니 조금 알 것도 같고. 두부에 다진 고기? 나는 자신감에 차 소리쳤다.

"두부완자탕!"

맞혔다.

짜오찬런은 완자를 빚으며 두부완자탕 역시 그녀의 첫 번째 여자 친구 집에서 먹은 거라고 했다.

완자와 생강 조각을 탕 속에 넣고 익히면서 오이를 소금에 절이고 설탕, 식초, 마늘을 넣었다. 짜오찬런은 이제 조금만 더 두면 먹을 수 있다며 이것도 전 여자 친구 중 한 명이 가르쳐준 방법이라고 덧붙였다.

"그래. 근데 나는 뭘 가르쳐줬지?"

필살기 요리 하나 없는 내가 물었다.

"그, U의 죽순밥을 가르쳐준 셈이지."

하하. U는 내 첫 번째 남자 친구였다. 알고 지낸 지 몇십 년이 되어 가족과 다름없는 그는 짜오찬런과도 서로 아는 사이다. 짜오찬런이 그에게 오이절임을 가르쳐줬고 U는 그녀에게 죽순밥을 가르쳐줬다.

생각해보니 예전 연인들도 나에게 무언가 요리를 해줬다. 짜오찬런이 토마토고기볶음을 만들기 시작할 무렵, 나는 기억 속으로 빠져들었다. 아무것도 배워놓지 않아 정말 아쉽구나.

신선한 고수, 레몬즙, 토마토고기볶음이며 볶음국수며 같이 먹는 밥이며 모두 완벽했다. 이 음식을 처음 먹은 게 화롄花蓮에서 결혼했을 때였다는 것이 떠올랐다. 바닷가에 위치한 그 펜션에는 단출한 공용 부엌이 있었다. 마침 태풍이 왔던 터라 냉장고에 있는 음식이 부족할까 나는 줄곧 걱정을 하고 있었다. 짜오찬런은 즉시 토마토고기볶음면을 만들었고 우리는 바닷가의 작은 방에서 큰 그릇을 들고 오물오물 먹었다. 그때 생각했다. 음, 이런 사람과 함께 살면서 우리만의 라이프스타일을 만들고 싶다.

고맙다. 우리가 사랑했던, 우리를 사랑했던 사람들아.

: 만들어보자

늘 짜오찬런이 알아서 실력 발휘를 할 수 있도록 두기 때문에 내가 오늘 무엇을 먹을지 물어보는 경우는 거의 없다. 외출 전에 짜오찬런은 시어머니가 주신 생선을 냉장고에서 꺼내 해동했다. 우리는 먼저 쑹칭松青 마트에 가서 요거트와 토마토 통조림을 사고 세탁소에 들러 맡겨둔 겨울 재킷을 찾아 돌아왔다. 외투를 벗고 요거트를 냉장고에 넣은 뒤 다시 거리로 나왔다. 펫숍에서 고양이 통조림을 사고 황훈黃昏 시장으로 향했다.

초록빛 애호박, 아스파라거스, 작은 감자를 사고 계속 걸었다. 토마토를 사고 싶었는데 바나나 아저씨가 요즘 들어 토마토가 안 팔려 파인애플을 판다고 하는 바람에 더 찾아 돌아다니는 수밖에 없었다. 시장에 사람은 많고 날씨는 더웠다. 짜오찬런이 대체 무엇을 사고 싶어하는 건지 몰랐지만 묻지 않고 묵묵히 같이 걷기만 했다.

토마토를 산 뒤 귀갓길에 올랐다. 짜오찬런이 어떤 야채를 먹을 거냐고 물어봐서 애호박과 아스파라거스가 있지 않느냐고 반문하고 싶었다. 그녀가 덧붙여 말했다.

"잎채소 말이야."

속마음이 읽힌 듯했다. 시금치나 공심채도 좋고. 결국 시금치를 샀다.

나는 거실에서 책을 읽고 짜오찬런은 부엌에서 바쁘게 움직였다. 아담한 부엌은 그녀의 연금술 실험실 같다. 나는 그저 종종 엿보며 추측만 할 뿐이다. 그녀는 지난번에 산 향료에 벌레가 생겼다고 했다. 어떻게 하느냐고 물었더니 계획을 바꾼다고 했다. 계획이 무엇인지 나로서는 당최 알 수가 없었다.

"사실은 뭘 해야 할지 모르겠어."

"그럼 어떡해?"

"그냥 만들어보자."

짜오찬런은 웃음을 머금고 말했다.

"분명히 맛있을 거야."

냄새를 맡으니 절로 군침이 돌았다.

"가끔 실패도 하는 거지!"

"오늘은 요거트를 넣었어."

요거트? 그게 대체 무슨 조합이람?

알고 보니, 말레이시아 친구가 선물해준 향료를 사용해서 생선이 들어간 야채카레를 만들었다고 한다. 나는 베란다에서 바질을 따왔다. 냄비 안에 야채가 남아 있는 것을 보고 이게 무엇인지 물었더니 둔수차이燉蔬菜•라고 했다.

"내일 빵을 적셔 먹을 수 있겠다."

"오늘은 못 먹어?"

"먹을 수야 있지. 근데 원래 이걸로 생선카레를 만들려고 했어."

포기 못한 나는 기어이 한 접시나 먹고 말았다.

오늘 저녁은 우리 집이 인도 식당으로 변한 듯 기이했다. 애호박, 호박, 토마토, 토마토 통조림으로 둔수차이를 만들고 요거트와 카레 분말로 생선카레를 만들다니. 그야말로 마술이 아닌가.

"다음에 또 만들어줘."

나는 크게 외쳤다. 이 신메뉴 아주 마음에 들어.

부엌은 짜오찬런의 성지다. 나는 메뉴를 고르지 않고 그녀도 무엇을 먹을 건지 묻지 않는다. 마치 생활 속에 존재하는 많은 사물처

• 갖은 야채를 넣고 볶은 요리

럼 우리는 수선스럽게 서로에게 묻지 않는다. 그저 서로의 마음을 헤아릴 뿐이다. 몹시 자유로워 보이지만 결국에는 늘 원하던 것에 가까이 근접하곤 한다.

: 토스트 같은 너

"너는 나한테 이 토스트 같아."

"왜?"

짜오찬런은 마침 식빵 조각에 일일이 계란물을 묻히고 프라이팬에 굽고 있었다. 그녀는 네 조각을 구우려고 했지만 빵이 계란물을 생각보다 많이 먹는 바람에 계란물이 부족하다며 탄식했다.

"계란 몇 개를 푼 거야?"

"한 개."

"그럼 나는 한 개만 먹을게."

"핫도그 먹을래?"

짜오찬런은 토스트를 구우며 물었다.

"좋아."

"너는 딱 이 토스트야."

나는 토스트 이야기를 다시 꺼냈다.

"왜?"

"다른 토스트랑은 좀 달라. 외모는 좀 바보같이 어리바리해 보이지만 내면은 얼마나 아름답다고. 그리고 먹으면 담백해서 여러 번 음미하고 싶어져. 내가 세상에서 제일 좋아하는 토스트야."

나는 과장을 조금 덧붙여 연기 톤으로 말했다.

"음, 잼 줄까?"

짜오찬런은 다 구운 핫도그를 접시에 올려놓으며 말했다.

칫! 내가 방금 한 칭찬에 대해 아무 반응 않다니!

나는 아침 식사를 들고 갔다.

토스트처럼 뽀얗고 조용한 네가 왜 맛이 조잡하고 씹을 때 와작와작 시끄러운 센쑤지鹹酥雞• 같은 나와 어울리는 것일까?

이게 바로 사랑이겠지! (사랑은 거대한 불가사의)

• 타이완식 닭튀김

: 일용품 속에서

어젯밤 짜오찬런과 「비포 미드나이트」를 보고 왔다. 영화 속 남녀 주인공은 무려 18년을 함께했다. 우리도 10년이나 됐는데!

"여든두 살에도 우리가 사랑하고 있을까?"

나는 짜오찬런에게 물었다.

그녀는 빙그레 웃으며, 그렇게 오래 살 수만 있으면 진짜 좋겠다고 대답했다.

"이렇게 더운 날씨에는 뭘 먹어야 하지?"

"저녁은 내가 하는 게 좋겠어."

"그럼 우리 장보러 가자."

나는 들떠서 말했다.

우리가 장을 보는 일은 늘 수수께끼 게임을 하는 것 같다. 그녀는 닭가슴살, 콩나물, 토마토, 비름, 생강을 골랐다. 외출 전에 나는 지난번에 산 갯농어를 냉장고에서 꺼내 해동해두었다. 만두를 산 다음, 짜오찬런은 쌀을 파는 가게에 들러야 한다 했다. 그녀가 두리번두리번 둘러보더니 다른 식료품점에 가야겠다고 해 내가 무엇을 사고 싶으냐고 물어보니 펀피粉皮•를 사야 한다고 했다. 펀피가 대체 뭐지. 사장님이 펀피를 안 판다고 해서 다시 마트로 옮겨갔다.

"납작 당면만 있네."

그녀는 중얼중얼 혼잣말을 했다.

"납작 당면으로는 안 돼?"

사실 나는 그녀가 뭘 만들려는 건지 영 알 수 없었다.

"안 되진 않지."

우리는 다시 돌아가 납작 당면을 샀다.

그녀는 부엌에서 덜그럭대고 나는 가끔씩 들어가 쳐다봤다.

"주방 보조 한 명 있으면 좋을 텐데."

그녀가 닭가슴살을 손질하며 말했다. 나는 얼른 들어가 닭고기를 손질하고 잘게 썰었다.

• 전분으로 만든 넓은 면이나 만두피 같은 것의 통칭

"뭔지 알겠다. 지쓰라피雞絲拉皮•를 하려는 거지?"

"맞아. 지난번에 사온 오이를 아직 안 먹었더라고."

"오이를 위해서 지쓰라피를 만드는 거야?"

"냉장고에 참깨 소스도 남아 있고, 그저께 량멘涼麪•• 먹을 때 남긴 윈난 고추도 있고……."

고구마 분말을 묻힌 갯농어가 먹음직스럽게 부쳐졌다. 짜오찬런은 토마토콩나물탕이 몸의 열을 식혀주고 독소를 제거해준다고 했다. 지쓰라피를 대접에 담아서 량멘처럼 먹었다.

식탁에 앉아 어젯밤에 본 영화를 떠올렸다. 18년 뒤, 사랑은 더 이상 로맨틱하지 않았다. 시간이 가져다준 굳건한 감정만이 남아 있었다. 우리는 일용품의 틈 속에서 사랑을 한다. 흔한 일용품 틈에서 서로 의지하며 평범한 삶을 영위하곤 한다. 이런 사랑이 좋다. 구수한 향이야말로 가장 진실된 향기일 테니까.

• 얇게 썬 닭고기와 당면, 오이, 당근 등을 곁들여 먹는 요리

•• 국물 없이 차갑게 먹는 타이완식 면 요리

: 돌아왔구나

낮에 우리는 화훼 시장에서 작은 화분, 허브, 그리고 귤나무 한 그루를 샀다. 크고 작은 보따리를 동여매고 오토바이를 타고 집으로 갔다.

길목에 있는 마트에 들러 야채를 샀다. 집에 도착해 화단을 정리한 뒤 짜오찬런은 주방으로 들어갔다.

나는 고양이에게 밥을 주고 쓰레기를 비우고 빨래를 걷었다.

7시 반에 밥을 먹었다.

우리가 다시 만날 줄 몰랐던 몇 년 전엔 생각지 못했다. 언젠가 이렇게 일상을 함께하게 될 줄을 말이다. 열렬한 사랑, 타들어가는 고통, 이별 후의 회한만이 기억에 남아 있었다. 과거는 아름답고 현재는 고통스러우며 미래는 어디에 있는 건지 그땐 도통 가늠할 수 없었다.

저녁에 운동하러 공원에 갔다가 집에 돌아오며 보니 짜오찬런이 베란다에서 화초를 정리하고 있었다. 어두컴컴한 전등 아래, 그녀가 초록빛의 작은 것들을 늘어놓는 것을 보았다. 마치 꿈결 같았다.

시간이 무엇인가를 희석시킨다고, 일상이 사랑을 마모시킨다고 늘 생각했어. 어떻게 해야 마음속 깊이 간직할 수 있을까 생각하곤 했지. 긴 세월이 지나간 후에야 밤안개와 같이 엷지만 분명한 사랑을 보게 됐어. 그것은 이미 아주 깊게 뿌리내려 마치 수면 위에 떠 있는 것 같았지.

"돌아왔구나!"

그녀가 가볍게 웃으며 말하면 이렇게 대답할 거야.

"나 왔어!"

마치 영원한 응답인 것같이.

: 성실하게 살다

어제 집에서 친구와 함께 저녁을 먹었다. 네 명이 먹으면 반찬을 다양하게 먹을 수 있어 좋다. 짜오찬런은 오후부터 소고기를 삶았고 우리는 부리나케 싼화三花를 데리고 병원에 갔다. 요 몇 달 동안 수치가 안정적이라니 기분이 들떴다. 저녁에 고양이를 데리고 집에 온 뒤, 우리는 허겁지겁 시장으로 달려가 닭다리, 시금치, 수세미외, 조개, 여주, 파인애플 청을 사고 집으로 돌아와 밥상을 차렸다.

짜오찬런은 한 시간 만에 파인애플과 여주를 넣은 닭고기 요리, 시금치볶음, 토마토달걀볶음, 수세미외조개볶음을 뚝딱 만들고 오이를 절였다. 소고기가 푹 삶아져 먹음직스러운 냄새가 솔솔 났다. 7시 반에 밥을 먹기 시작했다!

오늘 우리는 남은 반찬을 이용해 도시락을 싸서 점심을 해결했다. 저녁에는 콜리플라워를 추가하고 계란을 부치니 한 끼가 완성되었다. 식재료를 남김없이 다 먹어버려서 기분이 무척 좋았다.

변화무쌍했던 젊은 시절보다 지금 생활이 훨씬 행복하다. 아마 건실하게 생활하며 열심히 창작을 하고 있기 때문이 아닐까 싶다. 비록 돈으로 바꿀 수 있는 물건은 매우 적지만 성실히 사는 삶 속에서는 진귀한 꽃만 피어나는 것 같다.

소위 소확행 같은 것이 아니라, 사물의 가치에 대한 분별을 드디어 이해하게 된 것이다. 일상을 단조롭게 꾸려나갈 역량이 생겨 아름다운 시간과 에너지를 중요한 사람과 사물에 할애하게 되었다. 내가 얻은 모든 것에는 반드시 엄중한 대가가 따라온다는 것도 알게 됐지만 덤덤히 받아들이게 됐다. 그러다보니 내가 살아 있다는 것을 확실히 느낄 수 있었다.

이를 행복이라기보다는 노동 후에 흘리는 땀이 주는 확신에 가깝다고 말하는 편이 나을 듯싶다.

: 바삭하게 구울까? 아니면 간장을 더 넣을까?

직접 요리해먹는 게 습관이 되어 짜오찬런은 요즘 출근할 때도 도시락을 싸간다.

오늘은 영양밥을 만들어야 해서 조금 바빴다. 요리법은 이렇다. 구석구석 씻어 자른 갖은 버섯, 두부피, 당근, 다시마를 쌀에 넣고 적당히 물 양을 맞춰 전기밥솥 취사 버튼을 누르면 된다. 덮개를 꽉 닫는 것이 중요하다.

돛새치는 어제 짜오찬런이 미리 꺼내 해동시켜두었다고 했다(대체 언제 그걸 했는지, 나는 오늘 도시락을 싸는지도 몰랐다).

"바삭하게 구울까? 아니면 간장을 더 넣을까?"

그녀가 묻기에 나는 다 괜찮다고 했다.

점심에 마트에 가서 콜리플라워를 조금 샀다.

"탕으로 끓일 거야? 데쳐 먹을 거야?"

"데쳐 먹는 게 도시락 싸기에도 더 좋겠지?"

어느새 나가야 할 시간이 다가왔다. 생선을 굽고 있던 짜오찬런이 부엌에서 나와 욕실로 들어가는 모습을 봤다.

"굽는 동안 일단 씻어야겠다."

"내가 생선 보고 있을까? 타지 않도록."

나는 다급히 물었다. 생선이 프라이팬에서 지글지글 구워지는 소리가 들렸다.

"그냥 잠깐만 봐줘. 건드리지는 말고."

그녀는 세수를 하고 나와 생선을 예쁜 모양으로 뒤집었다.

'구울 동안 얼른 로션을 발라야겠다' 하고는 다시 주방을 떠났다.

"시간 잘 활용하네!"

감탄이 절로 나왔다. 만약 나라면 부엌에 내내 붙어 있어도 생선을 다 태워버렸을 것이다(그나저나 나는 생선을 구워본 적이 없다. 너무 자극적이라 내 심장이 못 견딘다).

"이건 아무나 할 수 있는 게 아니야. 어린애는 배우면 안 돼."

그녀는 웃으며 말했다.

막판에 모든 것이 제시간에 완성되었다. 그녀는 나가기 전에 베란다에 있는 감자와 바질에 물까지 주다가 기쁜 목소리로 말했다.

"감자에 새싹이 났네!"

짜오찬런이 나가기도 전에 나는 벌써 점심을 먹고 있었다.

"사람들은 와이프가 싸준 도시락을 좋아하던데…… 나는 내 걸 직접 싸네. 심지어 와이프 도시락까지 싸줘야 하다니."

그녀는 도시락을 쇼핑백에 넣으며 웃음기를 띤 채로 어쩔 수 없다는 듯 말했다.

"네가 해주는 게 맛있단 말이야."

괜히 제 발이 저린 나는 멋쩍게 웃으며 말했다.

: 냉장고

자주 답답함을 느낀다. 냉장고엔 뭐가 없는 것 같은데 짜오찬런은 어떻게 점심 2인분을 만들어내는 걸까?

"가정주부는 원래 다 이래."

짜오찬런은 능숙하게 보자기로 도시락을 싸며 말했다.

"베란다가 되게 알록달록해졌네! 봄이 왔구나!"

짜오찬런을 배웅하려는데 그녀가 말했다. 나도 얼른 꽃을 보러 밖에 나갔다.

부겐빌레아가 첫 번째 꽃망울을 터트렸다. 재스민도 병충해를 이기고 새잎을 틔웠고. 초피나무, 백리향, 바질, 래디시 모두 어느새 잘 자랐구나. 무엇보다 신나는 건 토마토가 방울방울 열렸다는 사실.

푸르스름한 작은 알맹이를 보니 새빨갛게 변할 모습이 더없이 기대됐다.

"나 출근할게."

"저녁에 봐."

우리 생활도 이렇다. 시간의 빠른 흐름에 따라 사계절이 변하듯, 성실하고 단조롭게, 조금씩 성장한다.

: 육수

토요일에 산 닭다리를 냉장고에 재워두었다. 짜오찬런은 닭다리를 오래 끓인 닭 육수를 식혀 통에 담고 냉동실에 얼렸다. 마치 오묘한 이치가 있는 듯이 말이다.

월요일 저녁에 쌀을 물에 담가두었다. 프라이팬에 닭다리를 굽다가 야채를 넣어 볶았다(그냥 좋아하는 것을 넣으면 된다. 짜오찬런은 양배추, 노란 파프리카, 버섯, 양파 등을 넣었다. 뭐를 더 넣었는지는 모르겠다). 흰쌀, 육수를 넣은 다음, 닭다리를 위를 향하게 넣고 불을 켜 밥을 지었다. 냄비 뚜껑을 여는데 우아, 향긋한 닭다리리소토 완성!

새 운동화를 산 김에 우리는 같이 운동을 하기로 했다. 저녁을 먹은 뒤, 먼 길을 걸어 초등학교 운동장에 도착했다. 9시였으나 운동하고 있는 사람이 몹시 많았다. 학교 경비 아저씨가 오토바이를 타고 돌아다니며 나가라는 마지막 신호를 보낼 때까지 짜오찬런은 뛰고 나는 경보를 했다. 그녀가 걸을 때면 나는 종종걸음으로 천천히 뛰었다. 우리는 학교에서 맨 마지막으로 나왔다.

잠자리에 들기 전 설거지를 하는데 저녁 식사의 향기로운 냄새가 남아 있었다. 짜오찬런은 이 반찬을 어떻게 더 업그레이드할 수 있을지 이야기했다. 그녀가 『오늘의 요리』라는 일본 잡지에서 본 조리법이었다. 우리 집 근처 황혼 시장에서 파는 것을 우연히 알게 되어 자주 사는 노란 애호박으로 반찬을 했다. 짜오찬런이 절인 래디시로(우리 집 베란다에서 재배한 것이다) 분홍색 반찬을 추가했다. 이틀 정도 두니 열매 가장자리에 있던 붉은빛이 흐려져 분홍색으로 변했다. 새콤달콤 깔끔한 맛이었다. 야채를 다 먹고 닭다리와 리소토는 아껴 먹었다. 반을 남겼으니 내일 도시락으로 싸갈 수 있겠다.

몇 년이나 운동하러 그 학교에 가지 않았다. 모두 옛일이다. 결혼 전 몸이 안 좋아졌을 때, 그리고 결혼 후 가장 어수선했을 때 같은 학교 운동장 트랙을 뱅뱅 돌곤 했다. 끝없이 운동장을 돌고 나니 머릿속에 뒤엉켜 있던 실타래가 풀어진 듯했다. 선선한 밤바람을 맞으니 상쾌했다. 더 먼 길을 걸어가야지.

: 심플하게

우리는 검소하게 생활한다. 짜오찬런은 시간 여유가 있으면 되도록 직접 요리를 해먹는다. 베란다에서 수확하는 과일과 야채는 상큼하고 맛이 좋다. 이런 심플한 생활은 우리와 잘 어울리지만 처음부터 이런 생활 방식을 생각할 수 있었던 것은 아니다. 서로의 이해와 배려를 통해 차츰차츰 맞춰나간 것이다.

잔잔한 지금의 사랑은 지옥을 몇 번이나 드나들며 얻은 것이다. 우리가 '옳은 사람'을 만나서가 아니라 드디어 '옳은 사랑의 방식'을 알게 됐기 때문이 아닐까 싶다. 연애와 별개로 우리는 각자의 자리에서 열심히 일한다. 옳은 방식이란 무엇일까. 먼저 자신부터 독립적인 사람이 되어 평등한 관계를 유지하면서 서로에게 자유를 줄 수 있어야 하지 않을까.

조급해하지 말자. 천천히 자신을 잘 돌봐주고 스스로에게 여유를 주며 제일 편하고 가장 좋아하는 모습으로 본인을 가꾸어가자. 결실을 얻기 위해서는 시간, 기다림, 믿음이 필요한 법이니까.

: 양심

눈을 뜨자마자 고양이에게 밥을 줬다. 너무 늦게 일어나는 것 아니냐는 싼화의 핀잔을 들은 지 벌써 며칠째다. 요즘 들어 확실히 일찍 일어나 글을 쓸 수가 없다. 고양이에게 밥을 준 뒤, 빵을 먹고 잡다한 일을 하다가 짜오찬런이 부르는 소리를 듣고 방으로 갔다.

이불 위에서 실없는 이야기를 했다. 이때는 우리의 꾹꾹이 시간이다(오래전부터 생긴 습관으로, 발바닥으로 짜오찬런의 종아리를 눌러주는 시간이다. 오래 서 있어야 하는 일의 특성상, 이렇게 마사지해주면 잘 풀어진다고 들었다).

"여보, 어쩌다가 양심적인 사람이 됐어?"

짜오찬런이 물었다.

허허. 난감하네. 나쁜 일을 많이 한 과거의 나를 그녀는 모두 포용해줬고 나는 양심적인 사람이 되어 더 이상 다른 사람과 자신에게 상처주지 않게 됐다.

"나이를 먹었잖아!"

"나이 먹는다고 다 양심이 생기나?"

"당연히 아니지. 반성을 했으니까 생긴 거겠지."

그리고 잘못을 고쳐야 하겠지.

"샐러드 좀 먹을래?"

짜오찬런은 자신의 아침거리를 준비하며 물었다.

"그래!"

어젯밤 마트에서 올리브유와 치즈를 사온 것이 떠올라 빵도 먹겠다고 했다. 점심거리를 고민 중이었는데, 차라리 아침을 한 번 더 먹지 뭐.

그녀가 베란다에 가서 토마토를 따달라고 했다. 샐러드에 올리브유와 발사믹 소스를 뿌렸다. 짜오찬런이 만든 올리브 포카치아도 샐러드 그릇 아래에 고인 소스에 찍어 먹는다. 친한 친구 아주가 선물한 용안이 들어간 빵에 치즈를 얹으니 같이 먹기에 딱 좋았다.

자연 방목한 닭고기와 닭가슴살 큰 덩어리를 시장에서 70위안을 주고 샀다. 이것으로 큰 지러우쥐안雞肉捲• 두 개와 샐러드를 만들 수 있겠다. 물에 넣고 삶으면 야들야들해진다. 자주 가는 매대에서 사온 아스파라거스는 한 묶음에 50위안이다. 80위안짜리 베이비콘을 한 봉지 사면 많은 요리에 활용할 수 있다. 토마토는 작아도 껍질이 얇아 달았다. 직접 심은 것이라 더 안심하고 먹을 수 있었다.

우리는 잠자코 한 입 한 입 정성껏 아침을 먹었다. 역시나 나는 워커홀릭 모드를 꺼야지만 음식과 삶을 즐길 마음이 생기는 것 같다.

요컨대 양심적인 사람이 됐다는 말은 이치를 알고 타인을 이해할 역량을 키워, 선택의 기로에 섰을 때 이기적이지 않은 선택을 하는 것이 아닐까. 오랜 시간을 거치고 나서야 나는 알게 되었다. 자신에게 최선을 다하고 자아실현을 해야만 반려자를 상심시키지 않는다는 것을 말이다. 어떤 일은 긴 시간을 두고 봐야 한다. 어떤 이는 우연히 만나 친구로만 남는 게 좋다.

과거에 어떤 잘못을 했든 어떤 것을 놓쳤든, 설령 그 사람을 영영 잃어버렸다 하더라도, 앞으로의 삶에서 같은 절차를 밟지 않기를 다시 기대해보는 건 어떨까.

• 닭고기 말이

: 슬로 라이프

나흘 연속 외식을 하다가 드디어 짜오찬런이 만든 저녁 집밥을 먹을 수 있게 됐다!

저녁에 식재료를 사러 가려고 했는데 급작스럽게 비가 억수같이 쏟아지는 바람에 나갈 수 없게 됐다. 짜오찬런은 냉장고를 뒤적거리며 골똘히 생각하더니 뭔가를 준비하기 시작했다.

거실에서 운동을 하며 야채 볶는 소리를 들었다. 오늘은 어떤 요리가 탄생할까. 냉장고에 어제 사둔 치킨 텐더, 반쯤 남은 콜리플라워가 있었다. 점심에 연어 두 마리를 해동하는 것도 봤고, 아마 버섯과 달걀도 있을 텐데…… 스쾃과 플랭크 같은 운동을 하며 어제저녁에 먹은 것을 생각하니 배에서 꼬르륵 소리가 났다.

짜오찬런이 도와달라고 하지 않는 이상 부엌에 들어가 귀찮게 하지 않는다. 오늘 저녁 메뉴가 무엇인지 몇 시에 밥을 먹는지도 묻지 않고 배가 고프면 혼자서 간단히 만들어 먹으며 그녀 마음대로 하게 내버려둔다. 짜오찬런은 혼자 부엌에서 조용히 요리에 집중하기를 좋아한다. 나는 그녀가 마술사처럼 내가 예상 못한 요리를 만들어내는 것을 보는 게 좋다.

"엄마들은 다 이래. 냉장고에 뭐가 있든 뭔가를 만들어낸다고."

그녀가 말했다.

반쯤 익힌 닭고기와 양파, 완두콩을 함께 푹 삶다가 불을 끄기 전에 계란을 넣었다. 데친 콜리플라워에 누룩 소금•을 발라 구운 연어살을 찢어 올렸다. 버섯과 양파를 물렁물렁해질 때까지 볶고 지난번에 훠궈火鍋집에서 사온 김치를 곁들였다. 식재료를 안 산 날에도 이렇게 풍성하게 먹을 수 있다니.

식사를 마친 뒤, 설거지를 깨끗이 했다. 메밀차를 끓여 짜오찬런에게 건넸다. 평범한 일상 속 많은 순간이 이와 같다. 밥 한 끼를 같이 먹고 각자 할 일을 한다. 한 지붕 아래서 꼭 무엇인가를 함께할 필요는 없다. 젊었을 적에는 상상도 못한 일상이다. 단조롭고 고요하게, 말로 형용하기 어려운 친밀감 가운데 이런 담백함이라니. 따

• 쌀과 누룩곰팡이로 발효시켜 만든 일본 전통 조미료

스운 저녁 불빛이 우리 집 안으로 살금살금 스며드는 것만 같다.

우리의 슬로 라이프.

: 커밍아웃, 그 이후

오늘 짜오찬런의 가족과 베이터우北投에 있는 사원에 가서 제사를 지냈다. 그녀의 조부모님과 아버지는 그곳에 안장되어 있다. 사방이 고요하고 아름다운 곳이었다. 날씨도 선선하니 몹시 상쾌했다. 지전紙錢을 태우기 전에 시어머니는 먼저 고이 접어 이름이 쓰여 있는 종이봉투 안에 넣었다. 그러고는 봉투를 나에게 건네며 말씀하셨다.

"아버님이라고 불러봐."

마음속으로 나지막이 아버님이라고 불렀다. 눈가가 뜨거워졌다.

시어머니와 짜오찬런의 남동생들은 나에게 아주 잘해줬다(사실 온 가족과 시어머니의 친구들, 심지어 짜오찬런의 회사 동료까지 안면이 있는 사람은 전부 나를 잘 챙겨줬다). 하늘에 계신 가족들도 우리를 비밀스레 보호해주는 느낌이었다. 그야말로 기묘한 일이다. 커밍아웃을 하기 전에 우리는 말로 표현하기 어려운 이유로 가족과 소원했었다. 커밍아웃을 하지 않은 많은 성소수자도 아마 같은 상황일 것이다. 가족을 사랑하지 않는다거나 신경 쓰지 않는 것이 아닌데 '그들에게 설명하지 못하는' 연애로 인한 간극 때문에 삶의 큰 부분을 가족 앞에 드러내지 못하게 된다. 설사 들춰내지 않는다는 암묵적인 약속이 있더라도 거리를 좁히기란 쉽지 않다. 우리는 커밍아웃을 한 뒤, 가족과 편하게 만나고 집에 더 자주 놀러 갈 수 있었다. 그러면서 주제에 구속받지 않고 모든 이야기를 할 수 있게 되었고 그 간극은 눈 녹듯 사라졌다. 수년 전에 우리가 부모님께 걱정을 안겨드리기 싫어 망설였을 때는 상상 못한 아름다운 광경이다.

산에서 내려와 점심을 먹으러 갔다. 시댁에 가서 오손도손 이야기를 하다가 저녁까지 먹은 후에 짜오찬런, 시어머니, 남동생과 함께 화보花博공원 근처에 갔다. 짜오찬런과 동생은 '포켓몬 고' 게임을 하고 나는 시어머니와 공원에서 조깅했다. 위안산圓山의 하늘이 유난히 광활해서 마음이 탁 트이는 느낌이었다. 시어머니는 다리가 튼튼하고 체력도 좋아 내가 네 바퀴를 도는 동안 다섯 바퀴나 돌았다. 짜오찬런은 남동생의 조언으로 포켓몬 고 스킬이 늘어나 포켓몬을 많이 잡았다고 좋아했다.

우리가 더 이상 사랑받기만을 갈구하지 않을 때, 더 이상 도망가는 데 급급하지 않고 고통을 숨기지 않을 때, 그러나 침착하게 자신을 가다듬어 어떤 이들을 위해 긴 시간을 굳건히 애쓸 때. 우리 마음이 블랙홀을 벗어나 자신을 더 이상 괴물로 취급하지 않고, 사람들이 나를 배척하거나 혐오하며 상처를 줄 거라 여기지 않고, 도리어 자신을 보호하기 위해 발톱을 드러낼 수 있을 때. 선택할 줄 알며 실패를 받아들일 줄 알게 돼 비로소 좌절을 마주할 능력이 생길 때. 이해하기 힘든 슬픔, 회한, 후회를 차분히 바라볼 수 있을 때. 그럴 때 거울 속 다정한 내 모습이 보이고 사람들 틈에서 선의의 눈빛을 구별해낼 수 있게 된다. 그래서 나는 따뜻한 빛을 뿜어내고 타인의 친절을 느낄 수 있다. 누군가를 사랑할 역량이 있다면 역시 사랑도 받을 테니.

: 중년병

추석에 남동생과 함께 시어머니 생일 파티를 해드리려고 했으나 태풍이 오는 바람에 시어머니가 손수 밥상을 차려주셨다. 정말 죄송했다.

태풍이 오는 날 우리 둘의 저녁. 냉장고에 야채가 아예 없는 줄 알았는데 대패 목심, 뿌리채소 약간, 시래기 한 묶음이 있었다. 짜오찬런은 「심야식당」에 나온 돼지고기된장국을 끓였다. 그리고 시댁에서 가져온 구운 연어 한 조각에 푸른콩과 계란을 넣고 같이 볶았다. 맛있는 향기로 가득했다. 시래기로 쉐리훙雪裡紅•을 만들 수 있다

• 갓으로 만든 요리

(짜오찬런이 예전에 몇 번 해준 적이 있는데 아주 맛있었다). 하지만 이번에는 바로 볶아서 씁쓸한 맛이 감도는 게 지극히 '야채'스러웠다.

아침에 시어머니가 만들어주신 만터우饅頭를 먹었다. 우리에게 아보카도를 주며 마요네즈, 러우쑹肉鬆•과 함께 먹어야 맛있다고 신신당부하셨다.

짜오찬런은 항상 아보카도, 토마토, 양파 등의 재료로 살사소스를 만들었는데 이번에는 시어머니의 방식대로 먹었다. 처음 먹어봤는데 맛있잖아! (다들 한번 먹어보길 바란다. 아보카도는 좋은 음식이다.)

얼마 전에 각자 병원에 다녀왔다. 나는 원래부터 만성질환이 있고, 짜오찬런은 한쪽 눈은 근시이고 한쪽 눈은 원시가 있는데 거기에 노화까지 겹쳐 눈이 쉽게 피로해지고 이로 인한 두통까지 생겼다. '중년병'이 우리 집에 여러 증상을 가져다준 것이다. 청춘부터 중년까지 함께 걸어오다보니 조금씩 생기는 각종 신체적 노쇠와 마모에 함께 적응하고 있다. 사랑 외에도 이러한 병환과 아픔에도 인내하며 기다리고 적응을 받아들이는 과정을 겁내지 않는 사람이 인생의 반려자라는 게 아닐까.

조금씩 흐르는 물이 오래 흐른다.

• 고기를 말려 만든 가루

: 안경

안과 의사 선생님의 조언대로 짜오찬런과 안경을 맞추러 갔다. 원시, 근시, 노안이 죄다 있어서 안경을 두 개나 맞췄다. 각각 먼 곳을 볼 때, 가까운 곳을 볼 때 사용할 용도로 말이다. 처음 보는 그녀의 안경 쓴 모습이 신기했다. 집에 돌아오는 길에 나는 그녀를 흘끗흘끗 쳐다보며 안경 쓴 모습에 감탄했다. 새 여자 친구가 생긴 것 같다고 말하니, 그렇게 달라졌냐고 나에게 되물었다.

"응. 안경을 쓰니까 뭔가 익숙하면서도 낯선 느낌이야. 둘 다 좋다." (근시 안경을 쓰면 또 색다른 느낌이 들어 짜오찬런이 세 명이 된 것 같았다. 노부부는 항상 새로운 모습을 고민해야 한다.)

버스를 타고 함께 집에 가는 길에 생각에 잠겼다. 일상 속에서 연인들이 부단히 새로운 시선으로 상대방을 볼 수 있다면 익숙해서 질린다거나 습관이 되어버려 당연한 존재로 여기지 않을 텐데. 고만고만해 보이는 냉장고 속 식자재를 짜오찬런이 새로운 모습으로 변신시키는 것처럼 말이다. 항상 자신이 신경을 써서 가능한 일이라고 그녀는 말한다. 비록 저녁 메뉴를 미리 알려주지 않지만 냉장고 안에 무엇이 있는지, 뭘 더 사야 하는지, 사지 않는다면 어떤 요리를 만들어낼 수 있는지 그녀는 언제나 알고 있다.

"냉장고에 이게 있는지는 몰랐지?"

이를테면, 반쯤 남은 토마토와 두부에 마라소스로 풍미를 더하고 야채를 데친 뒤, 미역과 무를 썰어 넣으면 맛이 완전히 달라진다. 고등어는 노릇노릇 구워내면 아주 맛있다. 쌀밥에는 진산金山 고구마를 넣는다. 고등어와 고구마 모두 시어머니가 주신 것들이다.

우리 생활은 대체로 이처럼 소박하다. 같이 안경을 고르러 가서 안경을 맞추고 '안경을 쓴 짜오찬런'의 손을 잡고서 버스를 탔다. 버스 정류장에서 우연히 독자를 만났다. 그가 짜오찬런에게 물었다.

"요리책은 언제 내세요? 그럼 바로 살 텐데."

"근데 저 요리책 안 써요."

짜오찬런은 부끄러운 듯 웃으며 대답했다.

소소한 일상이다. 소중히 여기며 마음에 고이 새기다보면 끊임없이 새로운 풍경이 되는 것 같다.

: 우리

며칠 전 우리 집에 친한 친구들이 모였다. 짜오찬런이 여러 요리를 해줬다. 소고기를 굽고, 둔수차이탕燉蔬菜湯(토마토, 양파, 가지 등의 야채에 소시지 하나를 넣으면 신비롭게도 몹시 맛있다)을 끓이고, 크로켓을 튀겼다. 크로켓은 시어머니가 손수 만들어 꼼꼼하게 포장을 해주셨다. 친구들은 너무 맛있어서 내다 팔아도 되겠다며 연신 감탄했다. 지난 5년 동안 먹은 것 중 가장 맛있는 크로켓이라나……. 짜오찬런은 우스갯소리로 크로켓을 팔 포장마차를 하나 사야겠다고 말했다. 샐러드도 만들었다. 청과 시장에서 시어머니와 함께 산 토마토가 의외로 달고 맛있었고 사과는 유기농이어서 껍질째 먹을 수 있었다. 시어머니가 주신 구운 갈치는 평범해 보였지만 신선하고 좋은 상품이라 비린내가 전혀 나지 않았다. 닭 안심살을 먼저 재어 둔 다음, 굽고 그 아래에는 버섯과 볶은 양파를 깔았다. 교백순, 콜리플라워, 미역을 데쳐서 소금을 쳤다. 이렇게 정갈한 저녁 메뉴 중에서도 짜오찬런이 만든 밤밥이 제일 좋았다. 짜오찬런은 저녁 무렵 장을 보는데 수시로 어떤 매대를 찾았다. 껍질을 깐 밤을 사서 밤밥을 만들려는 것이었다. 밤을 끓는 물에 넣어서 껍질을 벗기고 흰쌀과 퀴노아 안에 섞어 평소처럼 밥을 지으면 완성된다.

우리는 대부분 반찬 두 개, 국 하나로 간단히 한 끼를 해결한다. 이 역시도 친구들의 도움으로 한번에 이렇게 여러 종류의 음식을 먹을 수 있는 것이다. 모두들 시간 가는 줄 모르고 식사하면서 즐겁게 이야기를 나눴다. 그러고 보니 손님이 온 게 참 오랜만이구나. 이런 날 밤에는 따뜻함이 감돌곤 한다.

머릿속에 왕왕 네 글자가 떠다닌다. 세월정호歲月靜好•. 이 네 글자는 평안하고 고요해 보이지만 결코 절대적인 평온을 의미하지는 않는다. 우리 둘과 고양이 만터우 한 마리••의 세계에서 각종 도전과 역경, 변화무쌍한 상황을 마주할 때마다 마음속으로 자신을 안심시킬 수 있는 희망을 준다. 어떤 생활이든 함께 꿋꿋이 이겨내고, 어떤 요동치는 길을 지나더라도 비가 오나 눈이 오나 우리는 우리다.

• 평안한 생활과 안정적이고 건강한 것이 최고다.

•• 고양이 싼화는 2015년 신장병과 췌장염으로 세상을 떠났다.

: 기침

"나 괜찮아진 거 같아!"

오늘 짜오찬런이 말했다.

기침은 여전하지만 열은 안 났다. 그녀는 공이 든 가방을 메고 스쿼시를 하러 갈 채비를 했다.

"여보도 같이 가서 좀 걷지 않을래?"

짜오찬런이 물었다.

알겠어, 하고 주섬주섬 짐을 챙겨 스포츠 센터로 갔다. 수술 후 처음 하는 운동이었다.

날씨가 유독 좋았다. 햇살이 이렇게 따사롭게 비치면 병균이 사라지지 않을까? 짜오찬런이 아팠던 지난 나날, 나까지 쇠약해졌는데 그녀가 기운을 차리니 나도 덩달아 활기를 찾았다.

가끔 기침을 하지만 그녀의 몸이 확실히 많이 좋아진 게 느껴졌다. 혼자 스쿼시를 하는 것을 보니 드디어 밝아졌구나 싶어 기분이 좋았다. 그런데 도리어 내 체력은 안 좋아 뛰면 숨이 차서 그냥 걸었다. 스트레칭을 조금 했더니 상처가 난 곳이 여전히 아팠다. 그래도 팔을 높이 들 수는 있었다.

운동이 끝나고 우리는 밥을 먹으러 갔다. 요 며칠 짜오찬런이 식욕이 없어서 연거푸 죽만 먹는 바람에 매번 뭘 먹어야 할지 고민하느라 머리가 다 아플 지경이었다. 오늘도 갑자기 뭘 먹으면 좋을지 몰라 그녀가 그냥 걸어 다니며 보자고 했다. 오늘을 당일치기 중허中和 여행으로 삼자고 했다. 우리는 오토바이를 타고 이곳저곳을 여유롭게 쏘다니다가 아직 가본 적 없는 면 요리 전문점을 발견했다. 한번 먹어보기로 하고 들어가 이멘意麪•과 반찬, 국을 시켰는데 다 맛있었다. 생각지 못한 행운이었다.

점심을 먹은 후 집으로 돌아왔다. 베란다에 식물이 무성하게 자라 있었다. 집 안에는 햇빛이 쨍하게 들고 고양이는 쿨쿨 자고 있었다. 이러한 일상이 참 좋다.

• 계란으로 만든 면을 기름에 튀긴 면 요리

: 너를 위해 노래할게

슬픔이 크게 차오르면 나는 입 밖으로 말을 꺼내지 못한다. 어제처럼 하루가 긴 날에는 컴퓨터 앞에서, 버스에 앉아서 그저 생중계 화면을 바라보며 안에서는 다투고 밖에서는 항의하는 것을 쳐다볼 뿐이다. 허다한 사람들이 진지하게 주장하는 허무맹랑한 논조를 듣고, 적나라한 차별, 추악함, 위협을 뒤집어썼다. 무지개 깃발을 어깨에 걸치고 휘두르는 성소수자들이 광분에 가까운 군중 속에 섞여 있는 것을 보며 벅차오르는 지난날의 슬픈 일들이 불현듯 떠올랐다.

첫 번째 책을 출판했을 때 커밍아웃을 했음에도 많은 곳에서 결혼은 했는지, 남자 친구는 있는지에 대한 질문을 셀 수 없이 받았다. 나는 늘 대답을 얼버무렸다. 그것은 내 사생활이니 낯선 사람에게 구태여 설명할 필요 없다고 생각했다. 그러나 오랜 시간이 지나고 나서야 깨달았다. 대담한 줄 알았던 내가 안전한 장소에서도 동성애자임을 자연스레 말할 수 없었다는 것을 말이다. 스스로에게 매우 실망하고 말았다. 그렇게 시간이 흘러갔다. 지금 나는 나 자신을 소설가 천쉐와 레즈비언 천쉐로 나누어 바라본다. 하지만 현실 속 아무개는 말한다. '다른 사람들이 나를 뭐라고 생각하든 상관없어. 편할 대로 생각해.'

첫 번째 여자 친구는 우리 집에 오래 살았다. 우리 가족과도 사이가 좋았고 친척, 이웃과 모두 안면이 있었다. 당시에 나는 부모님께는 커밍아웃을 하지 않고 남동생, 여동생에게만 말해둔 상태였다. 당시 남동생은 고등학생이었다. 한번은 집에 왔는데 그가 동성애 이야기를 하다가 다른 사람과 크게 싸웠다고 했다. 나조차도 '동성애' 때문에 다른 누구와 크게 논쟁한 적이 없었는데. 가슴이 미어터질 듯한 감동이 어렸다. 이런 부분은 내 소설에 가둬두고 '문학계'와 '성소수자 커뮤니티'에 국한했다.

짜오찬런과 결혼한 뒤, 우리는 언론에 많이 나왔다. 책을 내고, 프로필 사진과 스냅 사진을 찍고, 페이스북에 일상을 낱낱이 적었다. 이것이 자신을 드러내는 방식이라고 생각했다. 이런 지속적인 행동을 통해 우리의 생활, 감정, 처지를 가장 단순한 방법으로 써내려 가고 싶었다.

최근 6년 넘게 입원을 여러 차례 하며 수술을 두 번이나 했다. 10월 수술 전, 짜오찬런과 오랫동안 이야기했다. 변변찮은 재산을 자세히 나눠보지도 않고 유언장 쓰는 것을 여태 미루고 미루며 지내왔었다. 우리는 '만일'에 대해 의논했다. 말을 하면 할수록 내가 지금껏 너무 회피해왔음을 알아차렸다. 현재의 제도로 말하자면 내 이름 아래 있는 모든 것을 내가 죽고 난 뒤에 그녀가 상속받을 수 없었다. 잡지 화보 사진, 스냅 사진, 책, 강좌 모두 우리에게 줄 수 없었다. 그렇게 많은 페이스북 친구와 독자가 우리의 사랑, 가정, 혼인 관계를 알고 있는 산증인인데도 법률상으로는 아무 의미가 없었다.

수술 전날, 간호사가 반드시 환자 가족 보호자가 있어야 한다고 말했다. 연인은 안 되냐고 물어보니 친족 관계여야 한다고 했다. 따질 기력이 없어 남동생에게 전화했다. 동생은 수술 전에 오겠다고 했다.

짜오찬런은 조금 늦게 병원에 도착했다. 그녀의 손에는 혼인 관계가 적혀 있는 증명서가 들려 있었다. 그때 이미 다른 간호사로 바뀌어 있어서 나는 간호사에게 다시 말했다.

"왜냐면, 우리가, 레즈비언 커플이거든요……."

일은 빠르게 해결됐다.

"당당히 말을 못 하더라? '레즈비언' 이 네 글자 말이야."

짜오찬런의 말을 듣고 순간 얼굴이 확 달아올랐다.

스스로 알지 못했던 나의 나약한 부분이었다. 문득 주마등처럼 수많은 장면이 스쳐지나갔다. 소위 말하는 '일반인' 앞에서 몇 번이나 위장하고 숨어버리며 성적 지향을 숨겼는지. 어릴 적, 친구들에게 나의 여자 친구를 '남자 친구'라고 말한 적이 있다. 나흘에 걸친 취재 여행에서 처음부터 끝까지 당시 여자 친구를 남성인 것처럼 묘사한 적도 있었다. 그 장면이 내 마음에 구멍을 내, 줄곧 양심에 가책을 느끼고 자책하게 했다.

어제까지 국회의원, 종교 단체, 스스로를 가정의 가치를 수호한다고 주장하는 이들을 지켜봤다. 그들은 격하게 외치고 있었다. 그들의 언사에 의해 뻥 뚫린 내 마음속 구멍이 돌연 반짝이는 눈으로 변한 느낌이 들었다. 맞다. 예전의 나는 비겁했다. 하지만 그것은 불안전한 이 세계에 대뜸 나타나 공격하고 음해하며 헐뜯는 이들이 너무나 많이 숨어 있기 때문이었다. 빈곤한 사람으로서, 부모가 곁에 없는 아이로서, '약자'로서 얼마나 쉽사리 '모욕을 받고 손해를 입어왔는지' 어릴 적부터 이미 알고 있었다. 이런 일도 있었다. 대학교 1학년 때, 별다른 이유 없이 어느 날부터 남자 기숙사에 사는 한 남학생 무리가 내가 밥을 먹으러 가려면 반드시 지나가야 하는 길목을 거의 매일 지키고 있었다. 그들은 기숙사 창문에서 나에게 '강남江南, 강남' 하고 소리쳤다. 처음에는 그게 무슨 뜻인지 몰랐으나 나에게 했던 방식대로 덩치가 큰 여학생에게 '코끼리 다리, 코끼리 다리'라고 외치는 것을 보고 말았다.

그 무렵 나에게는 식사가 가장 괴로운 일이 됐다. '강남'이라는 두 글자는 온갖 추녀의 의미를 지닌 대표어가 됐다. 수차례 자살 기도를 할 뻔했고 몇 번이고 휴학을 해야 했다.

우연히 그 기숙사에 사는 남학생 한 명을 알게 되었는데 그가 종종 산책을 가자고 나를 불러내서 우리는 캠퍼스를 따라 긴긴 길을 거닐었다. 그리고 학교 앞 잔디 위에 앉아 해가 질 때까지 각자 노래를 불렀다. 그는 언제나 천성陳昇 노래를 불렀고 나는 아무 노래나 다 불렀다.

기숙사 앞 대로에서 그와 만날 때마다 온몸이 공포심으로 덜덜 떨렸다. 그가 기숙사 정문에서 나오는 것을 보며 뒤에서 비웃는 소리를 들었다. 그는 침착하게 걸어나와 듬직한 모습으로 내 곁으로 와서 밝게 웃으며 말했다.

"좀 걷자!"

그는 나중에 이런 말을 해주었다.

"내가 너한테 만나자고 한 거는, 걔네가 너를 그렇게 말하는 게 거슬려서였어. 이렇게 좋은 사람인데 말이야."

어떤 여자가 내가 '부도덕'하다는 유언비어를 퍼트렸고 그 남학생들이 나를 싫어하게 되어 일부러 날 놀렸다는 것을 나중에야 알게 됐다. 아마 나를 보호하려고 했던 건지 그는 그 유언비어가 무엇인지 자세히 말해주지 않았다.

"네가 정말 괜찮은 여자라는 걸 꼭 알아둬."

그저 이렇게 말할 뿐이었다. '강남'이 '강남의 최고 재원, 추녀'라는 뜻이라는 것은 한참이 지나고서야 알게 됐다.

우리는 연애는 하지 않았다. 그가 좋아하는 사람은 따로 있었다. 그렇지만 그 몇 달 동안 일정한 거리를 유지한 채로 걸으며, 광활한 풍경으로 한없는 공포감을 덮었다. 녹초가 될 때까지 걷다가 마지막에는 잔디 위에 누워 눈을 감고 큰 소리로 노래를 부르곤 했다. 노래하는 그의 목소리가 부쩍 밝았다. 나에 대한 감정이 뭐였는지 모르겠다. 아마 그저 정의로운 사람이었던 게 아닐까. 다른 사람을 위해 곤란한 일에 선뜻 나서는 그런 정의감은 정말 막다른 길에 있는 사람을 구해냈다. 만일 그를 못 만났더라면 내가 과연 그해를 버틸 수 있었을지 확신이 들지 않는다.

인생에서 이런 친구를 여러 번 만난 덕분에 생명의 위협으로부터 매번 도망칠 수 있었던 것 같다.

오늘부터 곤란에 처한 사람을 위해 목소리를 내는 사람이 되기로 노력하겠다는 말을 하고 싶다. 내가 '동성애자'라고, '우리는 레즈비언 커플'이라고 꿋꿋이 말하며 생활 속에서 동성애자임을 진지하게 관철시키고 주변에 도사리고 있는 더 사나운 공격을 마주할 것이다. 나 역시 누군가를 위해 계속해서 노래할 수 있기를, 모든 성소수자가 최소한 자신을 위해 노래할 수 있기를 염원한다. 자신의 영혼을 지켜야 한다. 가장 고달픈 시기에는 우리 마음은 자유로운 것임을, 사랑도 자유로운 것임을, 우리는 그저 아름다운 존재라는 점을 명심해야 한다. 성소수자에게 호의적인 모든 이가 그 남학생처럼 인생에서 어려움을 겪고 있는 성소수자를 혹은 다른 사람을 본다면 손을 내밀어주기를. 그를 위해 노래해주기를. 적극적이든 소극적이든 그를 보호해주기를.

우리가 함께 노래하고 걸어갈 수 있도록, 생활하고 창작하고 동행하며 보호할 수 있도록. 해야 하는, 하고 싶은 일을 계속 할 수 있도록, 가장 암담한 시기를 빠져나갈 수 있도록 손잡아주기를.

왜 동성결혼인가

우리 둘은 화롄의 펜션에서 결혼했다. 태풍우가 휘몰아치던 그날 밤 손을 잡고 서약했다. 친한 친구의 도움으로 친구의 흰색 원피스에 화관을 쓰고 간단히 결혼식을 올렸다. 많은 동성애자들이 우리처럼 예물을 교환하고 둘이서 평생을 약속한다. 성대하든 소박하든 결혼식을 여는 사람도 있다. 타이완에서는 동성결혼이 아직까지 어떤 보장도 받지 못하고 있다. 언제 법제화될지 알 수 없는 노릇이지만 모두 자신이 사랑하는 사람과 일생을 함께하고자 한다. 이와 같은 사랑은 그저 진심만 필요할 뿐 사회의 보장 따위 필요치 않다.

그렇지만, 사람은 성장하고 나이 들며 변하는 존재다. 두 사람이 최선을 다해 자신의 일생의 시간을 지켜내고 상대를 이해하며 함께

한다. 질병이나 사별과 마주했을 때 사랑하는 사람을 정신적으로 지키는 것 말고도 내가 떠난 후에 그가 보호받을 수 있기를 원한다. 이러한 보장은 타인으로부터 빼앗아 오는 것이 아니라 본래 가지고 있는 것이다. 둘이 함께 쌓아온 것을 상대가 이어받을 수 있어야 한다. 이때, 둘이서 함께하기로 한 평생의 약속은 우리를 보호해주지 못한다. 진실된 축복도 우리를 지켜주지 않는다. 반대로, 굳센 법률의 개입은 우리가 노력해 세운 보금자리를 앗아갈 것이다. 함께 지내며 쌓아온 사소한 모든 것은 잔인한 법 앞에서 아무것도 아니게 된다. 따라서 동성애자는 결혼을 해야 한다. 합법적인 혼인 관계가 필요하다.

'사랑만 있어도 되는 거라면 남매와 부녀는 왜 결혼할 수 없나? 불륜은 왜 결혼할 수 없나? 사랑만 있어도 되는 거라면 민법을 고쳐서 동물과 사랑을 나누는 것도 근친상간도 가능한 것이냐'고 묻는 사람들이 있다. '이성애자'는 왜 결혼할 수 있는지 되묻고 싶다. 정상적이어서? 더 도덕적이어서? 선천적인 자연스러움 때문에? 하느님에게 선택받아서? 대를 이을 수 있어서? 아니다. 이성애자가 합법적으로 결혼을 할 수 있는 것은 더 우월하고 정상적이기 때문이 아니라 단지 법률적으로 가능하기 때문이다.

불륜과 근친상간의 문제는 더 복잡한 사회 제도, 윤리적 문제와 관련 있다. 이것은 동성애자가 설명하고 감당할 수 있는 영역의 문제가 아니다. 법은 인간이 정한 것이어서 민법은 오랜 세월에 걸쳐 개정되는 중이다. 수년 전에는 동성애뿐만 아니라 이성애자의 연애까지 가족과 사회로부터 환영받지 못했다. 예전에는 '다른 민족과의 결혼' 역시 위법이었고, 타이완 본성인과 외성인•과의 결혼 역시 반대했다. 심지어 3, 6, 9년의 나이 차도 금기시되었다. 동성동본도 가족의 반대를 한바탕 거쳐야 했다. 결혼의 정의, 관련된 법 조항은 꾸준히 바뀌고 있다. 이는 인간에게 반성하고 조율하고 사고할 줄 아는 훌륭한 점이 있다는 것을 의미한다. 제도와 미래의 민주, 법치를 통해 편견(3, 6, 9년의 나이 차를 기피하고 동성동본은 상극이라는 미신)을 억제하고 차별(과거 미국에서 타 인종 간 결혼이 금지됐던 것이나 타이완 본성인과 외성인이 서로 배척하는 것)을 극복하는 방법을 강구할 수도 있다. 이러한 법률 개정은 늘 선두에 서는 역할을 해왔는데, 민심 전체가 바뀌기 전에 각종 이유로 불공평한 대우를 받는 사람들을 먼저 보호하고 보장해줬다. 법은 사회 풍속 앞에서 보호막이 되어야 한다. 이런 보호 아래 사람들은 비로소 평등해진다. 우리가 이에 점차 익숙해진다면 민심도 자연스레 서서히 바뀔 것이다.

일부일처제가 아니던 훨씬 더 이전에는 결혼이 중매쟁이나 가장

• 1945년 일본 패전부터 1949년 국민당의 타이완 이주까지의 기간 동안 중국 대륙에서 타이완으로 건너온 사람들

의 결정에 의해 이루어졌다. 결혼 전 얼굴을 보지도 못하는 경우가 태반이었다. 누구에게 시집을 가고 장가를 가는지는 본인이 결정할 수 있는 일이 아니었다. 만약 이러한 것들이 바뀌지 않았다면 이성애자가 결혼과 연애에서 지금 같은 자유를 얻을 수 있었을까?

이러한 사회 풍습은 단 한 번의 개정으로 이루어지지 않았다. 차츰차츰 일상 속에 들어와 사람들 마음에 스며들며 변혁을 만들어냈다. 동성결혼에 반대하는 사람은 왜 그토록 인류에 대한 믿음이 없는지 모르겠다. 그들은 민법 개정으로 많은 사람의 권익이 더 완벽하게 보장받을 수 있다는 것을 믿지 못한다. 동성결혼 인정이 이성애자의 권익을 희생시키고 박탈시켜 어지럽게 만드는 것이 아닌데 말이다.

어떤 이들은 초등학교, 중학교에서 하는 '성평등' 교육의 일부만 고의적으로 발췌하여 대중을 오해하게 만들어 동성애 세력이 악의적으로 교육에 침투하여 아이들에게 성적 해방을 가르치고 있다고 선동해왔다. 부모는 초등학교와 중학교 시절의 아이는 괴롭힘과 따돌림을 당하기 가장 쉬운 연령대라는 것을 소홀히 여기곤 한다. 초등학교 5학년이나 6학년은 아이들의 성적 지향이 점점 나타나는 시기다. 이 시점의 성평등 교육이 '아이들을 동성애자로 만드는' 것이 결코 아니다. 동성애자가 아닌 많은 아이가 단지 신체가 약하고 얌전해서 여자 같다고 놀림을 당한다. 이와 같이 사람을 괴롭히거나 괴롭힘을 당하는 당사자가 우리 아이가 될 수도 있다. 성평등 교육의 가장 중요한 전제는 성이나 동성이 아니라 '다양함의 인정, 차별 없는 평등'에 있다. 세상의 다양한 성별 스펙트럼을 이해시켜야 아이들이 무지로 인해 다소 '전형적이지 않은' 사람을 괴롭히지 않을 수 있다. 요즘 아이들은 발육이 빨라 인터넷의 발달과 매체에서 쏟아내는 각종 정보를 일찍 접하면서 종종 성에 대해 혼란을 겪는다. 그러므로 어린아이들에게 반드시 '성'을 올바로 인지하게 해야 한다. 기초적인 성적·생리적 지식에서 한 걸음 더 나아가 아이들이 신체를 이해할 수 있도록 일깨워주고 자신을 잘 붙잡고 지킬 수 있도록 해야 한다. 우리가 자신을 지킬 수 없게 되기 전에 성에 대해 어느 정도 이해하고 있어야 의혹이나 문제가 생겼을 때 어떻게 도움을 청해야 하는지 알 수 있다. '아이들에게 성 접촉을 금지'하는 것은 미성년자가 성관계를 갖는 것을 방지할 수 있는 방법이 아니다. 그들에게 올바른 성교육을 시켜주는 것이 그들을 보호하는 가장 좋은 방법이다.

되돌아보면 인류 역사는 각종 이유로 서로 억압하고 살해한 사건의 연속이다. 우리는 노예제도, 인종차별, 민족 학살, 출신 콤플렉스, 권위주의 통치와 같은 길을 걸어오며 오랜 세대를 걸쳐 인류가 저지른 실수를 반성해왔다. 이번 세대에 어떻게 피할 수 있을지, 어떻게 구제할지, 어떻게 개선할지 우리는 더 좋은 사람으로 거듭나고

자 각고의 노력을 기울여야 한다. 그리고 다음 세대는 더 자유롭고 더 넓은 마음으로 공존하여 살 수 있기를 기원한다.

마지막으로, 친애하는 성소수자 여러분께 한 말씀 드리고 싶다. 최근 많은 분이 나에게 메시지를 보냈다. 절망, 우울, 분노, 심지어 호모포비아의 발언이나 반발로 인해 상처를 입었고 생명의 위협과 공포를 느꼈으며, 심지어 미래에 대한 절망감까지 느껴 막다른 골목에 이르렀다고 호소했다. 성소수자가 열사가 될 필요는 없다. 이미 많은 이가 성적 지향으로 극단적인 선택을 했기 때문이다. 오늘날 여기까지 우리를 데려온 것은 무수한 차별, 박해, 따돌림을 당한 사람, 자신을 인정하지 못한 사람, 사람들의 인정을 받지 못해 힘들게 발버둥치던 이들, 생활이 외롭고 괴로워도 동성애자의 권리를 위해 분투해온 선배들 덕이다. 이 길은 슬픔이 어려 있는 유골로 가득 차 있다.

더 이상 자신의 성적 지향으로 인해 목숨을 잃는 사람이 없기를 기도한다. 살아 있어야만 자신을 위해서, 다른 성소수자를 위해서, 미래의 성소수자를 위해서 이 길에서 벗어날 수 있다. 지독히 먼 길이다. 용감하고 굳건하게 끝까지 버텨야만 변화를, 변화할 기회를 얻을 수 있을 것이다.

제2부

제 와이프예요

: 제 와이프에요

지난주 토요일, 시댁에 가는 길이었다. 지하철에서 흰색 옷을 입은 한 무리가 짜오찬런을 발견하고는 계속해서 그녀를 노려보는 게 아닌가. 나중에 짜오찬런이 어릴 때 있었던 일을 이야기해줬다. 어릴 적, 선생님이 학생들을 남학생 한 줄, 여학생 한 줄로 줄을 세웠는데 여학생 줄에 고분고분 서 있는 짜오찬런에게 선생님이 남학생은 저리로 가라고 말했다고 한다.

"저는 여잔데요."

선생님은 그저 짜오찬런의 성별이 헷갈렸을 뿐 악의가 있던 건 아니었다.

어떤 한 남학생은 '남자도 여자도 아닌 사람'이라고 말을 하며 간

성을 묘사하는 타이위臺語•로 짜오찬런을 수시로 놀렸다고 했다. 그 학생이 무슨 심보로 그랬는지는 모르겠지만 짜오찬런은 마음이 힘들어 그를 마주칠 때마다 대꾸 없이 피해 급히 집으로 발걸음을 돌렸다고 했다.

그저께 우리가 쓰레기를 버리러 아래층에 내려갔을 때는 어떤 아주머니가 불쑥 짜오찬런에게 여자인지 남자인지 물었다. 짜오찬런이 여자라고 대답하니 아주머니가 머리를 왜 그렇게 짧게 했냐고 되물었다. 운동할 때 편해서 이렇게 했다고 대꾸하고 대화를 조금 주고받았다. 아주머니는 마지막에 미안하다고 사과했다.

짜오찬런이 살아오며 남자냐 여자냐, 남자도 여자도 아닌 사람, 왜 그렇게 입었는지, 헤어스타일을 왜 그렇게 했는지와 같은 질문과 주목을 얼마나 많이 받고 평가를 당했을지 모르겠다. 이러한 일은 그녀에게 이미 일상이었다.

예전 일을 꺼낼 때 그녀는 화난 어조는 아니었다. 아직도 이런 일이 계속 있으리라고는 생각 못했다며 씁쓸해할 따름이었다.

성인이 된 후, 예전에 자신을 괴롭혔던 그 남학생을 우연히 만나 인사를 나눈 적이 있는데 그는 양심에 가책을 느끼는 듯 짜오찬런과 진지하게 이야기를 나눴다고 했다. 그도 당시에는 자신이 했던

• 민난어에서 파생된 타이완의 방언

일이 잘못됐다는 것을 몰랐던 게 아닐까. 이제는 다른 사람을 괴롭히지 않는 좋은 사람이 된 모양이었다.

짜오찬런은 덤덤하게 예전 일을 말했다.

"예전에 괴롭힘을 당해도 나는 행복한 사람이라고 생각했어. 왜냐면 가족, 친척, 친구들이 다 나를 믿어주니까. 많은 사람한테 사랑받고 있다고 생각했어. 그냥 이제는 이런 일이 없기를 바랄 뿐이야."

2011년 우리의 결혼 이야기가 신문에 난 후, 커밍아웃하는 사람이 줄줄이 나타났다. 짜오찬런의 가족이 먼저 알게 된 다음 고모들에게 말했고 고모는 짜오찬런의 엄마에게 알려줬다. 그 후, 고모는 가족회의를 열어 정식으로 자리를 만들려고 했다. 하지만 몇몇 가족이 달가워하지 않을까 싶어 70대인 고모 두 분이 우리를 식사 자리에 특별히 초대했다. 우리는 이 첫 만남을 영영 못 잊을 것이다. 두 분은 자리에서 벌떡 일어나 내 손을 잡고 세뱃돈을 주며 환영한다며 뜨겁게 안아줬다. 나중에 시댁에서 밥을 먹다가 이 이야기가 나오니 시어머니가 대뜸 감정적으로 말했다.

"엄마는 너를 사랑하니까, 그저 누군가가 너를 잘 보살펴주기만을 바랄 뿐이야."

이 말이 끝나기 무섭게 짜오찬런은 눈물을 쏟았고 시어머니도 덩달아 눈물을 보였다. 나는 바로 말했다.

"제가 잘 돌봐주겠습니다!"

짜오찬런이 나를 데리고 초등학교 동창회에 간 적이 있다. 선생님과 동창에게 나를 소개했다. 유년 시절 그녀의 단짝은 은으로 만든 액세서리를 주문 제작해 결혼 선물로 줬다. 짜오찬런은 예전에 일했던 회사 모임에도, 지금 다니는 직장에도 나를 데리고 가 소개했다. 최근에 운동하며 사귄 친구까지도, 그녀의 모든 친구가 나를 알게 됐다. 짜오찬런은 거침없이 말했다.

"제 와이프예요!"

사랑은 미움보다 훨씬 위대하다. 하지만 늘 사랑에 관심을 기울이고 마음의 변화에 수시로 주목해야 한다. 외부의 좌절이나 공격으로 인해 마음속의 진심을 잃어버리면 안 된다. 미워해서는 안 된다.

미움은 뿌리를 내리고 싹을 틔워 사람을 왜곡시킨다. 공포도 마찬가지다. 어떤 평가, 모욕, 차별을 받든 그저 묵묵히 자신의 일에 집중하면서 스스로를 굳건하게 믿다보면 그 억울함과 상처가 에너지로 바뀌는 날이 올 것이다. 많은 곳에서 억압을 받을수록 더 용감하게 살아가게 하는 원동력이 된다. 미래의 아이들이 어떤 성적 기질이나 성적 지향으로 인해 차별 대우를 받지 않도록, 비웃음당하거나 배척당하고 능욕당하지 않도록, 비극의 주인공이 되지 않도록 만들어야 한다. 우리는 그런 미래를 꿈꾼다.

: 아이들은 외롭지 않아

어제 우리가 1시 반에 타이완대학교에 도착했을 때 이미 그곳에는 사람이 바글바글했다. 짜오찬런은 정장을 입기로 친구와 약속을 했던 터라 생애 처음으로 정장 한 벌을 샀다. 결혼할 때는 평소에 입던 흰색 셔츠를 입었기 때문에 처음 보는 모습이었다. 와, 괜찮은데! 멋있잖아!

오후에 무대에 올라 강연을 해야 해서 먼 길을 돌아 무대 뒤로 갔다. 다행히 얼마 뒤에 앞쪽에 자리가 나서 조용히 앉아 무대를 지켜볼 수 있었다.

짜오찬런이 긴장해서 무슨 말을 해야 할지 어쩔 줄 몰라 하고 있는데 어머니로부터 메시지가 왔다. 짜오찬런이 먼저 메시지를 보고는 나에게 보여줬고 우리는 울음이 터지고 말았다.

그녀의 가족은 '사랑'이라는 말을 입에 달고 사는 분들이 아니라고 했다. 그런데 어머니가 우리에게 보낸 메시지에 담긴 진심에 눈물이 흘렀다.

짜오찬런은 결혼 전부터 나의 건강이 퍽 좋지 않다는 것을 알고 있었다. 나는 결혼 후에 두 번의 수술과 열 번이 넘는 입원 치료를 겪으며 하마터면 혼절할 뻔했다.

수술이 있을 때면 시어머니와 시동생이 번번이 생선국을 들고 와 챙겨줬다. 평소 기념일에 집에 찾아가면 시어머니는 항상 내가 좋아하는 요리 한두 개를 만들어주셨고, 나 자신도 미처 몰랐던 무를 좋아하는 취향까지 시어머니는 바로 알아채셨다. 쭝쯔粽子•를 만들 때는 찹쌀을 못 먹는 나를 위해 쌀밥을 준비해주셨고 올해 몸이 아파 컨디션이 무척 안 좋았을 땐 별일 없을 거라며 항상 위로해주셨다. 꼭 우리 엄마 같았다.

동성애자들은 그저 예쁜 결혼사진을 찍고 결혼 축하연을 열고 신혼여행을 가기 위해 가정을 꾸리고자 하는 것이 아니다. 한 가정을 이뤄 데이트에서뿐만 아니라 일상생활 속에서 서로를 위하고, 여러 면에서 돌봐주며 상대의 삶 속에 녹아들기 위해서다. 많은 성소

• 대나무 잎이나 연잎에 찹쌀과 다른 재료를 함께 넣어 싸서 쪄먹는 전통 음식

수자가 성적 지향을 꽁꽁 숨기고 있고, 이 때문에 가족과도 소원해진다. 동성결혼이 법제화된다고 모두의 관점이 일순간에 바뀌지는 않을 것이다. 하지만 먼 훗날 자식을 돌봐줄 부모가 떠나게 되더라도 조금은 안심할 수 있지 않을까. 일부 부모는 반대 때문에 반대하는 게 아니라 단지 자신의 자녀가 순탄치 못한 길을 걸어갈까 우려하는 것일 것이다. 그렇다면 마땅히 일어나 자식을 위한 길을 터놓아야 한다. 미래의 성소수자 친구들이 성인이 된 후 결혼을 할 수 있다면, '우리에게 미래가 없다'는 공포감은 사라질 것이다.

'우리에게 미래가 없다'는 이유로 여자 친구가 자신에게 이별을 통보했다는 편지를 독자들로부터 숱하게 받았다.

22년 전, 한 여고생은 다음과 같은 유서를 남겼다.

'이 세상의 본질이 우리와 맞지 않는다.'

가정의 압박에 의해 어쩔 수 없이 연인과 헤어지고 이성과 결혼한 동성애자도 '하지만 우리는 미래가 없다'고 생각한다.

지금 이 글을 읽는 당신이 어디에, 어떤 환경에 있을지 모르겠지만 어찌 되었든 커밍아웃을 한 상대가 최소 두 명은 되어야 한다. 그래야지만 진정한 자신을 드러낼 기회가 있을 테고 더 나아가 나를 지지해줄 사람을 만날 기회가 생길 것이다.

앞으로 몸 상태가 어떻게 될지 상상할 수 없었기에 지난 1년 동안 몹시 의기소침했다. 지난번 취재 방문을 받았을 때, 20년 후의 짜오찬런에게 무슨 말을 하고 싶냐는 질문을 받고 눈물이 쏟아지고 말았다. 20년 후에 내가 어떤 상태일지 확신할 수 없었기 때문이다. 이런 생각을 할 때마다 견딜 수 없다. 내가 옆에 있어주지 못하면 그녀는 어떻게 해야 되지?

나야 단지 건강으로 인한 근심이었으나 나이가 어느 정도 있는 동성애자는 '수시로 생기는 생사 문제'를 마주하곤 한다. 우리는 기다릴 수 없다. 기다리고 싶지 않다. 기다려서는 안 된다.

우리는 이미 아주 오랜 시간을 기다렸다. 너무나 긴 시간 동안 참아왔다. 성적 지향으로 인해 자신과 타인, 애인, 가족 간에 생겨버린 거리, 나를 인정할 수 없어 생겨난 공포, 자기부정, 도피, 포기 때문에 인내와 기다림은 이미 많은 상처를 남겼다.

이번 행사에서는 이성애자와 동성애자 가리지 않고 많은 사람이 목소리를 냈다. 법안이 어떻게 되든 이와 같은 태도를 유지해야 한다. 지금의 폭발적인 에너지를 일상 곳곳에서 실천해야 한다. 친구를 사랑해주고 그들의 행복을 위해 애써주며 자신을 위해 일어서야 한다. 조금 더 앞으로 한 보 한 보 내디뎌 더욱 광활한 곳으로 나아가자.

10년 넘게 교육하고 선도하며 평등권을 주장해온 단체를 잊지 말아주길 바란다. 꾸준히 그들을 지지하고 모금 활동에 참여하는 일이 모이면 우리 미래에 지대한 영향을 미친다. 이런 묵묵한 움직임이 거의 20년 동안 지속되었다. 안개처럼 한순간에 사라지는 열정이 아니기를 바라며, 우리 모두 일어나자. 앞으로 더 많은 일을 할 수 있다. 계속 이어나가자.

저녁 무렵 부슬비가 내리는 거리에서 그곳을 떠나는 커플 몇 쌍을 보았다. 가방에 무지개 깃발을 꽂은 채 팔짱을 끼거나 손을 잡고 태연하게 걸어가고 있었다. 멸시받지 않고 숨을 필요 없이 미래가 없음을 걱정하지 않는 것.

우리 미래가 이와 같기를 바란다.

: 세상이 느리게 변할지라도 자신을 위해 노력하자

대학교 4학년 때 아버지와 사이가 크게 틀어졌다. 나는 그날 오후부터 학교 근처 중식당에서 몇 달 동안 아르바이트를 했다. 매일 저녁마다 4시간씩 일을 하며 아버지의 용돈을 받지도 집에 돌아가지도 않았다.

그때는 오토바이를 탈 줄 몰라 높은 언덕을 두 발로 오르내리며 학교 캠퍼스를 가로질러 다녔다. 머나먼 길을 걸어서 다녔던 그 가게는 장사가 아주 잘됐다. 매일 직원 식사로 한 끼를 든든히 해결하고, 마감할 때 손님이 먹다 남긴 만두나 딤섬을 포장해 직원끼리 나눠 가져가서 아침 식사로 먹기도 했다.

그때부터 나만의 길을 걷기 위해서는 경제적 독립이 필요하다는 것을 알게 됐다.

대학 졸업 후, 공무원이나 중등 교원 임용 시험을 준비하기보다는 마냥 소설이 쓰고 싶었다. 그래서 아버지와 또 한 번의 충돌이 있었다. 일을 찾지는 못했지만 집을 나와 살기로 결정했고 독립을 위해 아르바이트를 해야 했다. 오토바이가 있지도 않았지만 탈 줄도 몰라 동생이 태워주는 자전거 뒷자리에 앉아 방을 보러 다녔다.

생활이 조금 안정된 후에야 부모님을 마주할 용기가 생겼다(지적을 당하든 지지를 받든).

그때 이후로 부모님과 사이가 멀어졌다 가까워졌다 했다. 그 이유는 자세히 설명하기 어렵지만, 진정한 성인이 될 시기라는 것을 직감했다.

부모님을 우리가 선택할 수 없다. 그들과 우리의 가치관이 완벽하게 같을 리는 만무하다. 부모는 보호자라는 이름으로 종종 쉽게 자식을 소유물로 여긴다. 그 과한 관심은 간섭이 되기도 한다. 말이나 행동을 통해 강제적으로 자식을 '교육' '교정'을 하려는 경우를 무수히 많이 보았다. 그러나 우리는 자신의 방식으로 '성장'할 수 있다. 방법은 많다. 하지만 결국 인내심과 끈기를 가지고 멀리 계획을 세워야 한다는 원칙은 같다.

학업을 이어나가는 동안 경제적으로 독립할 수 없으니 적어도 나를 지지해주는 친구는 꼭 곁에 두자. 만약 부모님이 내 연애, 생활,

진로에 대해 강한 반대를 한다면 더더욱 부모의 간섭에서 벗어날 준비를 해야 한다. 준비란 단지 물질적인 것을 의미하는 것이 아니다. 정신적으로 더 단단해질 필요가 있다는 말이다. 대부분은 부모님의 기대를 충족시켜 자랑스러운 자식이 되고 싶어한다. 자신이 선택한 길을 부모가 반대하거나 심지어 경멸한다면 상처를 피하지 못할 것이다. 혹은 스스로에 대해 회의감을 느끼거나 분노할 수도 있다. 그러나 내 마음이 내는 소리에 진지하게 귀 기울여야만 한다. 나의 꿈이든, 연애든, 삶의 방향이든 이 모든 것은 한평생의 일이다. 그저 부모를 기쁘게 할 요량으로 마음의 소리를 등진다면 행복하지 않을 뿐만 아니라 평생에 걸쳐 그 대가를 치러야 할지 모른다.

스스로를 잘 돌보면서 나를 위하는 길을 찾자. 진정한 나로 살아가는 것, 나만의 삶의 가치를 실현하는 것이야말로 부모를 영광스럽게 만드는 게 아닐까. 설령 끝까지 이해받지 못할지라도 말이다.

만약 불행히도 부모의 통제에서 빠져나갈 수 없다면 어떻게든 벗어날 궁리를 해 도움을 청해야 한다. 도와줄 친구가 없다면 도움을 줄 수 있는 여러 기관을 찾아야 한다. 어떤 일이 일어나든 먼저 냉정하게 생각해보자. 부모가 겁주고 상처 입히는 말을 한다면, 그것은 그들의 생각일 뿐이라는 것을 명심했으면 한다. 다른 존재가 나의 가치를 판단할 수는 없다. 그들이 사랑이라는 이유로 강력한 수단을 이용하든 혹은 독단적으로 행동하든 부모는 아이의 유일한 보호자가 아니다. 마음을 담대하게 먹으면 그들도 때로 실수하는 모습이 보일 것이다. 그 실수 때문에 자신을 벌줄 필요가 없다는 말이다.

성소수자로 오랜 삶을 살아오며 가족, 친구, 동료, 심지어 잘 모르는 사람에게도 각종 기괴한 평가, 반대, 저지, 간섭을 받아왔다. 성적 지향 때문에 불편을 야기하는 사람이 된 적도 있다. 하지만 이게 진정한 나인걸. 진정한 자신이 되기 위해서는 아무래도 난관이 있기 마련이다. 이에 맞서 싸우고 이를 통해 성장하며 강인해져야 한다. 설령 세상이 느리게 변할지라도 자신을 위해 노력해야 한다.

열두 살에 처음으로 세상을 뜨고 싶다고 생각했다. 열아홉 살에는 이제 더 살지 못하겠구나 느꼈으며, 서른여덟 살에는 나의 생명이 이미 끊어진 것 같았다. 건강이나 행복은 나와 거리가 먼 이야기였다. 그럼에도 이를 악물고 살아왔다. 지금의 나는 생명력이 충만해 다른 변수 따윈 모르는 사람이 됐다. 병이 여전히 나를 괴롭히지만 젊을 때보다 행복하다. 나는 강인해졌다. 사랑을 주고받을 자격이 있는 존재다. 더 이상 유약한 소녀가 아니다. 이제 비굴하게 어두운 방에 숨지 않는다. 삶을 살아오면서 수도 없이 넘어져 부딪히며 모색해온 경험이 이를 가능하게 했다.

당신은 절대로 외로운 존재가 아니다. 걸어 나와라. 도망쳐 나와라. 많은 이가 당신처럼 자신의 행복과 자유를 위해 맞서 싸우고 있다.

아무리 고단할지라도 인내하여 우리가 원해온 모든 일이 끝날 그 날을 맞이하자. 끝이 보이지 않는 어둠을 뚫고 가자. 잠시 몸이 자유롭지 않을지라도 참아야 한다. 빠져나올 타이밍을 찾아 우리 함께 살아가자. 살아남아야만 기회를 쟁취하고 행복해질 수 있으며 자유가 도래할 그날이 보일 것이다.

우리 함께 살아갑시다.

: 타인의 호의

요즘 우리의 아침 식사는 대체로 이렇다. 식빵 몇 개, 호두 몇 알(무염 호두는 심혈관에 좋다고 한다), 과일이나 샐러드, 삶은 달걀 한 알씩, 여름에는 요거트를 만들고 겨울에는 두유를 끓인다. 콩을 물에 담가두지 못했을 때는 짜오찬런은 전처럼 홍차를 마시고 나는 끓인 물을 마신다.

점심에 혼자 밥을 먹을 때는 주로 채식을 한다. 자주 가던 유기농 비건 식당이 문을 닫은 뒤로, 담백하고 맛있는 비건 뷔페를 열심히 찾는 중이다. 가끔씩 버스를 타고 그 가게 본점에 가서 먹은 다음, 30분쯤 걸어서 집에 오기도 한다. 한 아주머니가 하는 또 다른 비건 식당도 아주 담백하지만 많이 걸어가야 한다. 지난번에는 집 근처 작은 골목에서 테이블이 두 개뿐인 비건 식당을 발견했다. 가냘퍼 보이는 이모가 처음에는 위터우멘셴芋頭麪線•만 팔았으나 나중에는 훙사오멘紅燒麪과 도시락도 팔기 시작했다. 워낙 비좁아서 몇 년간 여러 가게가 생겼다가 없어졌다가 했던 자리였다. 도시락이 집밥처럼 심심하니 입에 잘 맞았고, 쌀밥 역시 맛있어서 일주일에 며칠이나 연속으로 먹었다. 행여나 가게 문을 닫을까 싶어 채식을 하는 친구들에게 널리 홍보도 했다. 오늘은 짜오찬런과 함께 가서 먹었는데 그녀도 흡족해했다. 먹어본 사람 모두 단골이 돼 장사가 점점 잘되는 것 같아 조금 안심할 수 있었다.

점심을 먹고 우리는 산책을 했다. 짜오찬런이 러우구차肉骨茶••를 만들 거라며 유기농 가게에 가서 두부피를 사자고 했다. 산책할 겸 걸어가다가 근처 골목에 새로 연 케이크 가게를 봤다. 한번 구경해볼까? 대부분이 치즈케이크였는데 오늘은 치즈케이크가 별로 당기지 않아 두부피만 잘 포장해 집으로 돌아왔다. 뜰에 심은 방울토마토를 이제 따도 될 것 같았다. 짜오찬런이 잠시 화단을 정리하고 나서 우리는 밖에 나가 정처 없이 걸었다. 그녀가 베이킹숍 근처에 케이크 가게가 생겼는데 일주일에 며칠 열지 않는다고 하여 열었는지

• 토란과 가는 면을 넣어 끓인 요리
•• 말레이시아에 정착한 화교가 즐겨 먹는 데서 유래한 돼지갈비탕 요리

한번 확인해보기로 했다.

미로 같은 골목을 돌고 돌아 드디어 도착했다. 일반 가정집 건물의 일 층에 자리 잡은 그 가게의 널찍한 정원에서 고양이가 마침 밥을 먹고 있었다.

커피나 차를 마시지 않는 나는 가게에 적당한 허브차가 없으면 따뜻한 물을 마신다. 위가 좋지 않아 단 음식을 꺼리고 케이크는 많아야 한 해에 몇 번, 그것도 주로 가족 생일에만 먹는다. 업무나 친구 모임 때문이 아니면 혼자 카페에 가는 일은 없다. 한때는 짜오찬런을 따라 곧잘 가기도 했었다. 그 작은 가게에서 애플파이를 먹으며 도란도란 이야기를 나눴다. 이거 오랫동안 못 본 장면이네.

나는 여느 때처럼 따뜻한 물을 마셨고 애플파이는 조금만 먹었다. 따뜻한 날씨 속, 카페에 울려 퍼지는 음악을 듣고 있으니 누군가로부터 평화로운 오후를 빼앗아온 듯했다. 정말 오랫동안 바쁘게 지냈구나. 평소에 각자 바쁘기도 했고 우리 둘의 휴가도 맞지 않아 겨우 쉴 틈이 생기면 간만에 친구와 모임을 갖곤 했다. 드디어 오늘 우리 둘이 데이트를 했다. 데이트라니!

"대체 뭐가 그렇게 눈코 뜰 새 없이 바쁜 거야!"

우리는 한탄하곤 했다. 사실은 퇴원한 지 며칠 되지 않았다. 입원 전 쥐고 있던 원고를 드디어 탈고해서 안심하고 입원할 수 있었는데.

시나몬롤을 하나 포장해 집에 오다가 빵집에 들러 내일 아침으로 먹을 빵도 샀다(요즘 나는 웬만하면 크림이 안 들어간 맛을 고른다). 짜오찬런이 베이킹숍에 가서 어머니께 드릴 만터우 밑에 까는 종이를 사자고 했다. 그녀가 매번 고생스레 한 장 한 장 자르지 않아도 되도록 말이다. 가게를 구경하며 오래전 짜오찬런이 베이킹을 배우던 날들이 떠올랐다. 시간이 많이 흘렀구나. 우리가 이렇게 여전히 손을 잡고 평화롭게 걸을 수 있어 다행이다.

모처럼 우리 둘이 먹을 저녁을 만들 시간이 생겼다. 오늘 저녁 재료는 지인 사랑 종합 세트. 외삼촌이 재배한 양배추, 어머니가 준 쑥갓과 당근, 독자가 선물한 러우구차 양념, 친구 A가 집에서 키운 옥수수, 친한 친구 B가 선물한 무, 짜오찬런의 사장님 사모님이 선물해 주신 소시지(단골 가게 아주머니가 직접 만든), 사모님이 주신 잡곡. 짜오찬런은 이 재료로 러우구차와 소시지 밥을 만들었다. 별거 없어 보였지만 굉장히 맛있는 냄새가 솔솔 풍겼다. 난 이런 음식이 좋아. (직접 재배한 야채는 특히 감칠맛이 난다.)

짜오찬런이 말했다.

"타인의 호의를 한꺼번에 요리하다니. 참으로 아름답도다!"

: 거리에서

아침에 일어나며 짜오찬런에게 말했다.

“퀴어로 살기 진짜 힘들다. 한 달에 세 번이나 거리에 나가야 하잖아!”

말로는 힘들다 툴툴댔지만 서둘러 채비해 나갔다. 어젯밤에 잠이 오지 않았던 탓에 약간 늦게 도착했는데 현장에 도착했을 때 이미 많은 사람이 도로를 가득 메우고 있었다. 우리는 친구들과 자리를 잡고 앉았다. 저녁까지 앉아 있을 마음의 준비는 이미 마친 상태였다.

점심때 교대로 밥을 먹고 오려는데 갑자기 좋은 소식이 들렸다.

스무 살부터 지금까지 20여 년의 긴 세월 동안 비가 오나 눈이 오나 밤낮을 가리지 않고 대체 몇 번이나 각종 의제로 가두시위에 나와 앉아 드러누웠는지 모르겠다. 그러나 오늘 같은 날은 없었다. 행사가 앞당겨 끝났고 모두 일제히 환호하며 현장을 떠났다. 옆에 있던 여학생이 가슴이 벅차올라 우는 모습을 봤다.

작은 한 보를 내디뎠을 뿐이다. 내년에 법안이 심의를 거쳐 본회의를 통과하기까지 얼마나 더 많은 장애물이 있을지, 어떤 변수가 있을지 모르겠다. 오늘은 우리가 거리에 앉아 있지만 멀지 않은 곳에서 다른 세력이 방해 공작을 해오려 한다는 것을 직감했다. 그러나 국회 안에 법안을 지지하는 국회의원이 여전히 필사적으로 싸우고 있다는 것 역시 알았다. 당파가 다른 그 의원은 선거구 유권자들의 압박에 대항하며 평등한 혼인 법안을 위해 여전히 분투하고 있었다. 아침 댓바람부터 일어나 현장 무대 위에서 마이크를 붙잡고 목이 쉬도록 외쳐대고 있는 사회자인 즈웨이와 신제는 한 달 새에 세 번째로 무대 위에 올라 청량한 목소리로 재미있고 감동적인 프로그램을 굳건히 진행했다(그들과 알고 지낸 지 대체 몇 년이나 지났는지 모르겠다). 이십 대부터 지금까지의 모든 것. 처음에는 다른 기관과 함께 사용했던 비좁은 '성소수자 핫라인' 사무실에서 몇 번의 이사를 거쳤던 일. 첫 번째, 두 번째 모금 활동을 열며 겪은 초창기의 수고로움. 첫 번째 성소수자 시위행진에서 진심을 다해 거리로 나와 걸었을 때 고작 몇천 명이었는데.

신이시여, 20년이나 지났습니다. 나의 친구는 모두 거리에 나와

각 단체, 각자의 영역에서 각종 방식으로 성소수자의 권익을 위해 노력하고 있습니다. 기나긴 시간 속에서 온갖 일이 일어나 눈앞을 스쳐지나갔지요. 진심으로 감동했습니다. 그 긴 시간이 지나도록 여기에 서 있다니 마음이 이상해졌습니다. 그토록 긴 시간이 지나갔는데도 이곳에 서서 큰 소리로 외쳐야 하다니요.

법안이 상임위원회로 회부되어 여당과 야당이 협상에 들어갔다는 사회자의 발표에 박수갈채가 쏟아지고 열렬한 환호성이 울려 퍼졌다. 동성결혼을 지지하는 의원은 한 명 한 명 무대 위에 올라 연설을 했다. 다들 감사하다는 말밖에 하지 않았다. 우리는 그들에게, 그들은 우리에게 연신 감사를 표했다.

혁명은 아직 성공하지 않았다. 우리는 여전히 노력해야 한다. 성소수자의 노력을 필요로 하는 의제는 동성결혼이 다가 아니다. 그렇지만 이 의제와 법안을 추진해준 것에 감사하다. 이는 그동안 가지각색의 성소수자를 일깨웠다. 불합리한 차별, 소문, 광고, 영문 모를 위협, 도리에 안 맞는 분열 때문에 거리에 나온 적 없는 수많은 이성애자 친구까지도 일깨웠다.

긴 시간이 지나가면 목소리를 내는 것의 중요성을, 그 필요성을 더 많은 사람이 알게 되리라는 말을 하고 싶다. 이러한 단결은 에너지를 창출해내기 마련이다. 우리는 불공평한 불의를 위해 끝없이 고집해야만 한다. 우리 자신을 위해서든 고통받는 다른 사람을 위해서든 부단히 맞서 싸우자. 성소수자가 나를 필요로 할 때 그를 위해 일어서자.

오늘의 작은 한 걸음이 성소수자에게 주는 의의는 적잖이 크다. 20여 년 동안의 노력이 가슴에 새겨졌다. 모든 걸음마다 그 의미를 지녀 영향을 미칠 것이다. 꽃은 아주 먼 곳에 피어 있다. 그러니 우리는 앞으로도 대대로 끊임없이 힘을 유지해야만 한다. 허리를 꼿꼿이 펴고 용감히 나설 용기만 있다면 그 에너지를 발휘하는 건 어렵지 않다.

소소한 승리를, 조금씩 쌓아온 에너지를 기억하자. 완전히 평등한 권리를 쟁취하기 위해 가야 할 길이 아직 아득하지만, 동성애자로 사는 것이 피곤한 일이지만 이처럼 긍지를 느끼기도 한다. 우리는 우리 본연의 모습대로 살아가기 위해 험난한 길을 걸어갈 의향이 있다. 이 에너지는 고갈되지 않는다. 빛을 내기 위해 끝없이 이어져 나갈 것이다.

현장에 있던 모든 분께 감사를 표한다. 힘써준 직원들, 우리 자신, 그리고 현장에는 없었지만 다양한 방식으로 평등한 혼인을 지지해준 친구들, 모두 감사합니다.

: 2016년 마지막 날

2016년 마지막 날, 짜오찬런은 오전에 일본어 수업에 갔고 나는 점심에 궁관公館에 가서 새로 맞춘 블루라이트 차단 안경을 찾아왔다. 그리고 짜오찬런과 만나 창춘궈빈長春國賓에서 「라라랜드」를 봤다.

그녀가 영화를 보러 가자고 하지 않았다면 분명히 하루 종일 바삐 지내며 오늘이 올해의 마지막 날이란 사실도 잊었을 것이다. 알았더라도 일정표대로 평소처럼 일상을 보냈을 게 뻔하지 뭐. 오랜만에 둘이 영화를 보러 가다니. 영화가 무척 재미있어서 모두에게 추천해주고 싶었다. 나도 모르게 영화 음악을 흥얼거리며 슬그머니 서로의 손을 잡고 영화관에서 나오게 되는 그런 영화였다.

영화가 끝나고 빵을 사러 갔다. 카페에 들러 브라우니도 샀다. 짜오찬런이 저녁에 쏸차이바이러우궈酸菜白肉鍋•를 해먹자고 했다. 냉동고에 친구 어머니가 직접 만드신 쏸바이차이酸白菜••가 있어서 우리는 마트에서 고기, 쑥갓, 베이비콘, 두부, 당면을 샀다. 짜오찬런이 만든 쏸차이바이러우궈는 담백해서 아주 맛있었다.

올해의 마지막 밤을 어디에 가서 특별히 보내겠다는 계획은 당연히 없었다. 하지만 저녁을 먹은 후에 짜오찬런이 헬스장에 가지 않겠냐고 물었다. 그녀는 스쿼시를 하고 싶어했다. 예전에는 늘 혼자 쳤는데 오늘은 어찌된 일인지 같이 가달라고 했다. 조금 피곤해서 집에서 쉬는 게 낫겠다고 말하려다가 (설날 전에 끝내야 하는 일을 오늘 아침 단숨에 끝냈으니) 곰곰이 생각해보고는 옷을 갈아입고 가방을 메고서 그녀와 함께 대문을 나섰다.

헬스장은 집에서 20분 남짓 걸으면 도착하는 곳에 있다. 짜오찬런은 혼자 스쿼시 연습을 하고 나는 스쿼시장 밖에서 스트레칭 같은 가벼운 운동을 조금 했다. 그녀가 스쿼시를 하는 모습을 멀뚱히 보고 있으니 괜스레 기분이 좋아졌다. 집에 돌아오며 한 해의 마지막 날을 이렇게 보내는 것도 좋다는 생각이 들었다.

2016년 건강이 안 좋아진 후, 치료를 받고 몸조리를 하며 마침내

• 타이완식 백김치와 돼지고기를 넣어 끓인 탕

•• 타이완식 백김치

조금 안정적인 상태가 됐다. 이 상태를 잘 유지해야 한다. 내일 오후에 일하러 나가야 하지만, 마음이 따뜻하고 뛰어난 동료들과 함께하는 일이어서 기운이 났고 조금도 피곤하지 않았다.

2017년에는 새로운 장편 소설을 쓰려고 한다. 하지만 너무 무리하지는 말아야지. 매일 일찍 자고 건강한 음식을 먹으며 꾸준히 운동을 하고, 날마다 충실하게 살며 하루하루를 소중히 여기고 내가 좋아하는 일에 집중하면서 사랑하는 사람들을 아껴줄 거야. 건강관리뿐만 아니라 이 쓸 만한 몸을 잘 활용할 수 있기를. 다른 사람에게 힘을 실어주고 어떤 환경에 처하든 희망을 품고 창조력을 유지한다면 사랑할 힘이 생기겠지.

오후에 보험사 직원과 통화하며 보험을 조금 손봤다. 동반자 등록•도 했으니 보험 수익자를 짜오찬런으로 바꿀 수 있는지 물어봤다. 그러나 결과적으로 할 수 없었다.

2017년에는 혼인 평등법이 순조롭게 통과하기를! (25만 명의 힘을 잊지 말자.)

새해 복 많이 받으세요!

• 동성결혼이 법제화되기 전 일부 도시에서 허용해준 것으로 법적 효력은 크게 없으나 병원에서 수술 시 관계인으로 기재할 수 있는 등 몇 가지 효력이 있었다.

: 진실

새해부터 연일 바쁘게 일해 일단 급한 일은 어느 정도 마무리됐다. 써야 할 원고도 끝냈고 남몰래 입원했다가 퇴원도 했다.

병원에서의 그날 밤, 운 좋게도 1인실에 묵게 돼 마치 휴가를 온 느낌이었다. 처음 몇 시간 동안 세상모르게 잔 것을 제외하고 열심히 책을 읽었다. 짜오찬런은 낮에 일하러 가고 퇴근 후에는 집에 들러 고양이 밥을 준 다음, 밤 9시쯤 날 보러 왔다. 조용한 1인실에서 우리는 소파에 나란히 앉아 서로 기댄 채 각자 책을 읽었다. 그야말로 집에서와 똑같이. 12시에 간호사 회진이 있었고 씻고 잘 준비를 한 뒤 잘 자라는 인사를 하고 잠자리에 들었다.

짜오찬런은 많이 지쳤는지 소파에 눕자마자 잠들었다. 나는 주사를 맞은 탓에 욱신거려 조금 뒤척이다가 겨우 잠들었다.

새벽에 링거액이 다 떨어져 삐삐 울리는 기계 소리에 잠에서 깨고 나서야 지금 병원에 와 있었다는 것을 인지했다. 우리는 이런 치료에 대해 가능하면 평정심을 유지하려고 한다. 다소 긴장되거나 당황스러울 때도 있지만 짜오찬런은 늘 침착함을 유지한다. 그러면 나도 덩달아 침착해지곤 한다. 근 몇 년 동안 좋았던 기억은 늘 이런 장면이었다. 그녀는 항상 병실의 간이침대나 소파 위에서 나와 함께해줬다. 우리는 여러 과의 다른 병상에서 이렇게 많은 시간을 보냈다.

병으로부터 자유로워지기를 늘 바란다. 너무 많은 부분을 기대고 싶지 않아 정신적으로라도 최대한 독립심을 키우려고 한다. 짜오찬런도 환자를 보는 시선으로 나를 대하는 법이 없다. 특별 대우 같은 건 해주지 않는다. 마인드 컨트롤을 하며 서로에게 부담을 주지 않는다. 면역 체계 자체에 만성질환이 있기는 하지만 하루빨리 정상적으로 일하고 글을 쓰며 생활할 수 있기를 간절히 바라고 있다. 받아야 할 치료라든지, 이에 뒷받침되어야 할 일과 휴식, 식습관, 운동 등 일일이 다 놓치지 않고 있다. 이런 큰 풍파가 다가오면 우리는 최대한 빨리 평정심을 되찾고 일상으로 돌아온다. 규칙적으로 글을 쓰는 작업 외에도 병든 몸을 규칙적인 일상 속에 밀어 넣는 것만 같다. 비록 삶은 예측할 수 없는 것이라 다양한 변화가 습격하곤 하지만 두 가지는 붙잡고 싶다. 하나는 짜오찬런과의 사랑이며 다른 하나는 계속해서 장편 소설을 쓰는 것이다. 이 두 중심을 내 삶에 단단히 고정시킨 채로 몸과 삶의 변화에 순응하며 닥쳐올 변화에 대처하고 있다.

모름지기 단순한 것이 가장 힘든 법 아닌가. 그렇다면 힘든 일은 가장 가벼운 마음가짐으로 마주하면 된다. 저녁에 우리는 손을 잡고 먼 길을 걸어 집에 도착했다. 평소처럼 그렇게. 언제나 익숙하기 그지없는 길이었지만 이상하리만치 새로운 날 같았다. 여러 번 밟아 본 길이 분명한데 처음 보는 길 같았다. 어떤 문제가 생기더라도, 온갖 쓴맛을 보더라도 나는 항상 이렇게 내 삶의 모든 것을 사랑할 것이다. 더 이상 삶을 사랑하지 않았던 과거의 내가 아니기에.

하루하루를 기억 깊숙이 새기고 가장 아름다운 보물을 아끼듯 모든 시간을 소중히 여겨야겠다. 살아 있다는 사실만으로도 이미 충분히 아름답지 않은가.

함께한 모든 순간을 연애하는 이들은 자주 망각하곤 한다. 그 진실한 순간은 실제로 존재했으며, 영원히 변치 않는다.

: 높은 하늘 광활한 땅

돈을 빌리며 겪은 시절의 고생에 대해 짜오찬런과 이야기했다. 분명 짜오찬런에게 말했던 것 같은데 그녀는 내가 친구에게 돈을 빌렸던 일을 모르고 있었다. 내가 한창 말을 하는데 그녀가 불쑥 이쪽으로 오라고 손짓했다. 그러고는 팔을 뻗어 나를 꼭 끌어안고 부드러운 목소리로 말했다.

"예전에 진짜 고생 많았구나."

그녀의 품속에서 부끄러웠지만 새삼 피어나는 감동을 느꼈다. 이렇게 따뜻함을 보여주다니. 만약 나였다면 어찌할 바를 몰랐을 텐데. 자고로 모든 일은 다 그 의미가 있는 법이기에 인생에서 겪는 모든 고생은 헛수고가 아니라고 생각한다. 어떤 이는, 험난한 길을 걸어가며 우여곡절을 겪으면서 수없이 길을 잃고 넘어져야지만 자신만의 길이 열린다고 말하기도 한다.

그렇게 걸어나온 곳에는 높은 하늘과 광활한 땅이 펼쳐져 있을 테니.

(아침으로 세 가지 빵이 있었다. 빵이 없는 줄 알고 또 사오는 바람에 냉장고에 종류가 여럿 있다. 작은 꿀 사과와 오렌지 같은 귤, 계란은 골목 입구에서 빈랑을 파는 매대에서 산 것인데 노른자가 특히 맛있다. 짜오찬린이 직접 만든 두유는 설탕을 넣어도 맛있고 안 넣어도 괜찮았다.)

: 우리는 외롭지 않아

우리가 결혼한 그해, 나는 일을 그만두고 타이베이로 올라와 부모님을 속이고 소설 쓰는 일에 몰두했다. 이로 인해 심한 죄책감을 느꼈다. 당시 주머니 사정도 좋지 않고 외로웠지만 집안에 빚까지 있어 혼자 힘으로 외롭게 살아갈 수밖에 없었다. 설날에도 집에 내려가지 않았다. 혼자 타이베이의 볼품없는 원룸에 틀어박혀 냉동식품을 먹으며 지냈다. 설 연휴에는 유난히 외로웠다. 이 한파 속, 야시장에서 매서운 바람을 맞으며 옷을 팔고 있을 부모님을 생각했다. 타이베이에 숨어 글을 썼고 어떠한 성과도 내지 못해 집에 돌아갈 엄두가 안 났다. 부모님이 고생하시는 모습을 보면 일을 해야겠다는 생각에 사로잡힐 것 같아 모질게 마음먹으며 다시 힘내보자고 이기적으로 생각할 뿐이었다. 이런 모순적인 마음을 남에게 꺼내 보이기 어려웠기 때문에 하염없이 나 자신을 갉아먹었다. 집으로 돌아가지 못했고 미래는 막막했다. 매년 설이 다가오면 우울증이 도졌다. 설날을 견디지 못하겠다는 생각이 번번이 들어 나중에는 작가 친구들과 약속을 잡았다. 설 전에 시간을 잡고 훠궈 집 테이블 하나를 예약해 예닐곱 명이 함께 저녁을 먹곤 했다. 나이가 지긋한 작가 친구는 나를 여동생이라 여기고 세뱃돈을 주기도 했다.

그때 문득 깨달았다. 사랑이 있는 곳이 바로 집이라는 것을 말이다. 그들이 가족은 아니더라도 퇀위안판團圓飯•을 함께 먹을 수 있으니.

결혼한 첫해에 짜오찬런은 가족에게 커밍아웃을 안 한 상태였다. 그러나 그녀는 설날에 나를 데리고 집에 가 함께 퇀위안판을 먹었다. 짜오찬런의 어머니는 다른 사람에게 워낙 관대하신 분이라 상냥하게 대해주셨다. 하지만 조심스레 결혼은 했는지 물어보셔서 내가 고개를 저으며 아니라고 하자 다소 수상쩍게 여기는 듯 너넨 어떻게 다 결혼을 안 했냐고 하셨다. 나는 그저 속으로 외칠 수밖에 없었다.

'사실 우리 둘이 결혼했는데 말하지 못하고 있을 뿐이에요!'

2011년, 우리가 커밍아웃한 사실이 신문에 났고 그 소식이 친척

• 설에 가족과 함께 원형 테이블에 둘러앉아 먹는 밥

들을 거치고 거쳐 짜오찬런 어머니 귀에까지 들어갔다. 그해 집에 갔을 때 시어머니와 나의 관계는 확 바뀌어 있었다. 시어머니는 나를 가족 구성원으로 완전히 받아들여 조상 위패 앞에 향을 올리게 하셨다. 그날 시어머니의 친한 친구 분이 오셔서 나에게 왜 집에 가서 설날을 보내지 않는지 물어보셨다.

"얘네 둘만의 집이 있잖아. 나는 딸이 한 명 생긴 거나 진배없어."

시어머니가 냉큼 대꾸하셨다. 뭐라 표현 안 되는 감동이 벅차올랐다.

그날 이후 몇 년이 지났고 정말 집이 한 개 더 생긴 것과 다름없었다. 시어머니, 짜오찬런의 남동생 둘은 나를 가족으로 대해줬다. 몸 상태가 안 좋으면 시어머니는 탕을 고아 몸보신을 해주시고 내 생일도 챙겨주셨다. 내가 수술을 받을 때마다 나를 위로하고 응원해주셨다. 나와 짜오찬런은 커밍아웃을 하고 가족들과 더 가까워졌다.

2017년에는 혼인 평등법이 순조롭게 통과되기를 기원한다. 성소수자가 한 가정을 이루는 것은 사랑을 실현한다는 점 외에도, 한 걸음 더 나아가 훗날 가족에게 커밍아웃하는 가장 좋은 방법이 될 수 있다. '동성애자도 자신의 가정을 이룰 수 있다.' 예전에는 감히 꾸지 못한 꿈이었지만 앞으로는 실현될지도 모르겠다. 동성결혼이 법제화된 후에는 자신의 반려자와 돌아가며 집에 갈 수 있다. 방식이야 각자 정하겠지만 가족들의 결혼 압박에 '나 결혼했어!'라고 의기양

양하게 말할 수 있다. 설날이 더 이상 연인을 갈라놓는 잔인한 명절이 아니었으면. 함께 단란하게 모일 수 있는, 축복받는, 기대되는 날이 되기를.

밖으로 겉돌고 있거나 돌아갈 집이 없는 친구에게 말하고 싶다. 가족과의 관계나 연애 상태와 상관없이 설 명절의 분위기가 상처가 될 수 있다. 아니면 명절을 나처럼 보냈을 수도 있다. 집 밖의 왁자지껄한 분위기가 유달리 쓸쓸하게 느껴져 외롭고 서글픈 감정이 든다면 인간이란 본래 고독한 존재라는 것을 기억해라. 하지만 인간은 혼자 살아갈 수 없다. 그러니 나의 글이 미약하나마 온기를 줄 수 있었으면 좋겠다. 버텨나가며 얻은 힘으로 설 명절에 느끼는 상대적 박탈감을 너끈히 이겨낼 수 있다. 언젠가 이러한 고독을 통해 얼마나 외롭든 삶은 온전히 나의 것이라는 것을 깨달을 터. 누군가를 사랑할 수만 있다면 이러한 고독은 전혀 슬프게 느껴지지 않는다. 오히려 에너지가 가득 차오를 것이다.

: 밸런타인데이

짜오찬런과 도란도란 대화하다가 예전 이야기가 나왔다. 우리 둘 다 집안의 빚 때문에 앞길이 막막했을 때가 있었다. 다행히 지금은 사정이 좋아져 마음이 한결 가벼워졌지만.

"확실히 많이 나아졌다. 이제 유기농 야채도 먹을 수 있잖아."

그녀는 북받쳐 올라 말했다.

경제 사정이 어떻든지 짜오찬런은 단순한 방식으로 생활을 꽉 채운다. 매일 스스로 아침을 준비하는 그녀 덕에 우리는 아침을 거하게 먹곤 했다. 요즘은 조금 간단히 먹는 편이지만 말이다. 때때로 시어머니가 만들어주신 만터우나 밖에서 사온 서양식 빵을 먹기도 하고, 거의 매일 삶은 달걀, 견과류, 과일을 먹는다. 짜오찬런은 차를 마시고 나는 따뜻한 물을 마신다. 아침 식사를 하며 재잘재잘 떠드는, 지금껏 힘써 유지해온 우리가 함께하는 지금 이 순간.

야채 사는 곳을 청과 시장에서 유기농 가게로 옮긴 것 외에, 다른 부분은 모두 검소하게 생활하고 있다. 월세방에 살며 가구도 각자 살 때 쓰던 것을 가져왔다. 냉장고는 짜오찬런이 10년 전에 산 문이 두 개 달린 작은 것을 사용하고 있다. 큰 거로 바꾸려고 했지만 잘 생각해보니 작은 냉장고를 사용하는 게 음식이 쌓일 일이 더 없겠지 싶어 여태 바꾸지 않았다. 우리는 학업이나 운동에 가장 많이 투자한다. 시댁에 가서 먹는 식사가 우리가 먹는 최고의 진수성찬이다. 시어머니가 매번 우리에게 좋은 생선이나 고기를 주시는 덕분에 신선한 식자재를 챙겨 먹을 수 있다. 최근에 중부에 계신 외삼촌이 직접 심은 유기농 야채를 가지고 오셨는데 맛이 끝내줬다.

우리는 채소를 좋아한다. 연속으로 며칠 동안 외식을 하게 되는 날에는 짜오찬런이 어떻게든 직접 저녁을 만들곤 한다. 큰 접시를 가득 채운 야채와 따끈따끈한 국을 먹으면 몸이 상쾌해지는 기분이다.

밸런타인데이는 평소와 같았다. 냉장고에 있는 것을 꺼내 먹고 아침으로는 오랜만에 토마토 카프레제를 먹었다. 저녁에는 시어머니가 주신 소시지(설날에 받아와 얼마 안 된 소시지다)와 버섯을 함께 구워 먹었다. 그리고 전날 먹다 남은 야채 카레, 외삼촌이 재배한 야채(친한 친구가 직접 만든 꿀에 재운 대추와 숙부가 직접 만든 파인애플 절임과 함께 먹는 것이 비법이다), 야채를 넣은 일본식 된장국도 먹었다. 나이를 먹은 만큼 저녁은 소식을 해야 하니 나는 반 공기만 먹고 있다.

이렇게 보낸 밸런타인데이는 평범한 하루와 다를 바 없었다. 특별히 챙기지 않고 무언가를 하지도 않으며 그저 함께 시간을 보냈다. 무수히 많은 역경을 지나와서인지 이와 같은 고요한 평범함이 특히 소중하게 느껴진다.

세월은 고요하고 좋구나.

: 점심에 뭐 먹었어?

짜오찬런은 일하는 도중에도 점심은 뭘 먹었는지 번번이 물어본다. 나는 대체로 점심을 채식으로 먹는데 몇 군데를 돌아가며 먹기 때문에 내 대답은 늘 비슷하다. 그러나 어떤 다른 말보다 그 물음에서 달콤함이 묻어나온다. 그녀는 내가 밥을 잘 먹었는지 확인해야만 안심하는 것 같다.

저녁을 집에서 해먹을 때면 그녀는 퇴근 전에 나에게 밥을 짓고 야채를 사놓으라든지 야채를 씻고 잘 다듬으라며 먼저 준비해둘 것을 부탁한다.

유기농 콜리플라워를 사와 잘 씻고 손질했다. 밥에는 퀴노아를 넣어 영양을 높였다.

7시에 짜오찬런이 집에 와 주방에 들어오더니 분주하게 움직였다. 퇴근 후 저녁 식사는 속도가 중요하다. 짜오찬런은 시어머니가 주신 소갈비, 냉장고에 남아 있는 하얀 무(외삼촌이 직접 심은), 당근, 배추, 양배추심으로 러우구차를 만들었다(우리는 말레이시아 독자가 매년 보내주는 러우구차 양념을 즐겨 먹어 시어머니 집에서도 종종 만든다). 콜리플라워는 가볍게 볶고, 시어머니가 주신 소고기를 양념에 재워 구워 먹으니 딱 좋았다.

30분 만에 요리를 끝냈다. 따끈따끈한 음식을 먹으니 속과 마음이 든든해졌다.

최근에 아침 메뉴로 곡물 우유를 추가했다. 외삼촌이 주신 대량의 자연산 야채는 며칠을 먹었다. 토마토도 친구가 준 것이다. 요즘은 줄곧 지인이 직접 재배해 보내준 가지각색의 채소를 먹었다. 정말 사랑하지 않을 수 없다.

시어머니가 직접 만든 만터우, 커피색 용안맛 사탕, 뽀얀 우유. 모두 귀엽게도 포장했다. 건강한 맛이 나 아무리 먹어도 질리지 않았다.

"여보, 또 글 쓰는 데 너무 몰두하지 말고!"

짜오찬런이 출근 전 신신당부했다.

"알았어!"

나보다 나를 더 잘 아는 그녀가 늘 워커홀릭이 되지 말라 일러준다.

짜오찬런이 일하러 나가면 나도 집에서 일을 시작한다. 고요한 환경에서 글을 쓰고 독서를 하고 원고를 읽는다. 산더미처럼 쌓여 있는 일은 조금씩 차근차근 해야 된다. 먼 곳에 떨어져 각자 일에 집중하는 동안 우리는 보고 싶다고 말하지 않는다. 자신부터 돌보는 것이 서로에게 가장 좋은 회신이므로.

보람차게 살자.

: 요가 수업

짜오찬런과 함께 오전 요가 수업에 갔다. 벌써 두 달째 금요일마다 요가 수업을 듣고 있다. 요가 선생님이 가끔 두 명이 같이 하는 동작을 시키는데 나의 작은 키 때문에 짜오찬런이 고생 중이다.

외출 전, 한 시간이 지나면 죽이 완성되도록 전기밥솥을 맞춰 두고 나왔다. 어젯밤 짜오찬런이 만든 옌과차오러우醃瓜炒肉•가 입맛을 돋워서 남은 반 그릇은 오늘 죽을 만들어 같이 먹을 작정이었다. 수업이 끝나고 집에 왔는데 죽이 완성되지 않았다. 취사 버튼 누르는 걸 깜박하고 만 것이다!

• 절인 오이와 고기를 함께 볶은 요리

하는 수 없이 짜오찬런이 임시방편으로 메뉴를 국수로 바꿨는데 이 역시도 아주 맛있었다.

지난번 타이중에 갔을 때 조각가 친구로부터 목재 커피 스푼을 선물 받았다. 우리는 고민 끝에 사이펀 커피 메이커를 하나 장만했다. 마침 오늘 짜오찬런이 쉬는 날이라 드디어 연습할 시간이 났다. 예전에 커피를 마실 때 사이펀 커피 메이커를 사용하곤 했다. 몇 년이나 썼지만 일이 너무 바빠지는 바람에 그만뒀었다. 짜오찬런은 예전에 커피숍에서 일했으나 이탈리아 커피 머신을 사용했기 때문에 써본 적이 없다고 했다.

처음 시도해보는 데다가 나도 거의 잊어버려서 우리 둘은 소꿉놀이를 하듯이 만지기 시작했다. 짜오찬런은 열심히 두 번을 연습했다. 친구가 직접 볶은 커피 원두를 사용했는데 신선하고 맛있었다. 역시나 고생 끝에 내린 커피는 달랐다. 커피를 끊은 나조차 참지 못하고 작은 컵에 한 잔 마셔버렸다.

"내일이 빨리 왔으면 좋겠다. 그럼 한 번 더 만들어야지!"

정말 바보같이 귀엽다니까.

이런 춥고 습한 날씨에 함께 요가를 하고 함께 국수를 먹고 함께 커피를 내리니 정말이지 학창 시절 단짝 같았다. 우리는 이런 부부다. 일상 속, 커피와 요가라니. 한없이 평범하고 따뜻했다.

강렬한 열정 같은 것은 진작에 사라졌다. 우리는 항상 붙어 있지는 않더라도 많은 일을 같이하며 서로의 생활에 자연스레 스며든다. 우리에게 커플이란 자연스럽게 함께 생활할 수 있는 것이지 중독된 관계 같은 게 아니다. 상대가 없으면 안 되는 것이 아닌, 혼자 있어도 좋고 함께 있어도 좋은 것. 혼자서는 자유로우며 둘이서는 가슴이 탁 트이는 것.

우리 같이 나아가자.

: 집안일

휴일은 집안일 하는 날이다. 아침에 짜오찬런은 건강 검진을 받으러 가고 나는 집에 남아 글을 썼다. 3월 말에 원고를 제출해야 하는데 이만 자나 더 써야 한다. 요즘 일을 많이 벌여놔서 원고를 먼저 빨리 마무리 지어야 했다. 하루에 1500자씩 쓰기로 계획을 하고 글을 다 쓴 후에야 페이스북을 본다든지 다른 일을 했다. 항상 아침을 먹은 후에 글을 쓰기 시작하는데 어떤 때에는 짜오찬런이 옆에서 출근 준비를 하는 동안에도 글 쓰는 데에 집중할 수 있다. 목표한 양을 다 쓰고 나면 그렇게 홀가분할 수가 없다. 봐야 할 원고를 다 보고, 써야 할 글을 다 쓰고 나서야 다른 일을 일일이 처리할 마음의 여유가 생긴다. 오후에 요가 수업이 없는 날에는 집에서 독서를 한다. 글을 쓰는 날에는 특히나 안정된 느낌이 든다. 가끔은 오후에 자신에게 잠깐 휴가를 주는 셈 치고 기쁜 마음으로 오래된 노래를 듣다가 다시 일하러 간다.

하지만 오늘은 집안일 하는 날. 우리는 오후에 각자 바삐 집안일을 시작했다. 나는 빨래를 하고 짜오찬런은 분리수거를 했다. 3시에 쓰레기를 버리고 우리는 마트에 가서 장을 봤다. 짜오찬런은 막 사온 고구마를 오븐에 구웠고 나는 요가 매트에서 운동을 했다. 그리고 우리는 갓 구워진 고구마를 나눠 먹었다.

"너무 맛있다. 왜 여태 이렇게 해먹을 생각을 못했을까?"

작은 고구마를 먹었더니 감질나서 하나 더 먹었다.

"이거 간식으로 먹어도 좋겠는데. 아침으로 먹어도 되고."

"두 봉지 살걸 그랬다."

짜오찬런은 쉬는 날 커피를 내린다. 그녀가 고대해온 사이펀 커피 시간이었다. 우리는 의식을 치르는 것처럼 온 신경을 집중했다. 각자 한쪽 면을 담당해 알코올램프의 불을 지켜보고 담겨 있는 물에 주의를 기울였다. 마치 골똘히 집중하는 아이처럼 말이다.

저녁에 나는 빨래를 널고 짜오찬런은 저녁을 차렸다. 빨래를 다 넌 뒤 원고를 읽었다. 나는 돈을 버는 일을 이따금 '휴식'으로 여기곤 한다. 생각을 조금만 바꾸면 힘들지 않아진다.

오늘 메뉴는 토마토와 무를 넣은 소고기리소토였다. 반찬으로는 유기농 상추에 느타리버섯, 미역이 들어간 일본식 된장국을 준비했다. 고구마와 호박을 넣은 오곡밥이 입에 잘 맞았다. 소고기리소토가 완성돼 불을 끄려는데 짜오찬런이 특정한 접시를 찾았다. 우리가 자주 사용하는, 가장자리에 베이지색 띠가 그려진 동그란 모양 접시였다. 그런데 온 주방을 뒤져도 좀체 찾을 수 없었다.

"요즘 그 접시를 못 본 거 같아."

내가 말했다.

"혹시 깨트린 거 아니야?"

"내가 깨트렸으면 네가 몰랐을 리가 없지. 지난번에 하나 깨긴 했는데 그거는 작은 거였어. 그렇게 큰 접시를 깨트렸는데 기억 못 할 리가 없다구."

"혼자 있을 때 깨트리고는 '휴, 아무도 못 봐서 다행이다' 하고 몰래 치운 거 아냐?"

"내가 어떻게 몰래 치울 수 있겠어. 분명히 들켰겠지. 그리고 네가 집에 오면 말했을 거고."

밥을 먹는 내내 기억을 곱씹어봤다. 자주 사용하던 접시를 깬 사실이 기억 저편에서 막 떠오르는 것 같았다. 그때 새로 바꾼 고무장갑이 몹시 미끄러웠다.

"아, 생각났다. 내가 깨트린 게 맞네. 그때 너한테 말한 것도 기억나. 괜찮다고, 그 접시는 할인할 때 샀고, 2001년에 사서 이미 10여

넌을 사용했다고 했는데……."

머릿속에서 그 접시를 신문지로 싸던 장면이 얼핏 떠올랐다.

"여보가 깨트린 게 맞네!"

"응, 확실해. 그래도 없어진 게 아니고 깨진 거였다."

행방을 알게 돼 한결 가뿐한 마음이었다.

예전에는 나를 괴짜로 여겼다. 자고로 글을 쓰는 사람은 혼자 살아야 한다. 하지만 어떤 이와 자연스레 지내며 어느 지점에 다다르면 (언제 조용히 해야 하고, 상대가 지금 무엇을 하는지 이해해주고 방해하지 않으며, 말을 꺼낼 때는 상대를 놀라게 하지 않는) 두 사람의 일상 속에서 혼자의 자유로움도 느끼게 된다. 이 때문에 짜오찬런의 곁에서도 글을 쓸 수 있다. 우리 둘의 책상은 등진 채로 놓여 있어서 나는 내 책상에 앉아 바로 일에 집중할 수 있다. 그렇게 혼자 있을 때는 아주 독특한 고독을 즐길 수 있다. 든든하면서 안심되는, 혼자 사는 느낌이랄까.

평범한 하루였지만 한껏 알찬 느낌이 들었다. 역시 단순한 생활이 최고야.

: 홀로 선 하나, 자유로운 둘

어젯밤 늦게 귀가했는데 짜오찬런이 그 시간에 빵을 만들고 있는 게 아닌가! 내가 집에 없는 혼자만의 시간이 만족스러운 눈치였다. 내가 수시로 페이스북에 짜오찬런과의 생활을 올리는 것에 대해 짜오찬런은 어떻게 느끼냐고 물어본 사람이 있었다. 짜오찬런은 유명인 반려자로서의 스트레스 같은 건 없다고 했다. 지난 몇 년간 날로 자유로워지는 것 같은 느낌이었다. 아마 누군가는 의아하게 생각할 수도 있지만 우리는 소통을 잘하는 사이다. 내가 남기는 우리 생활은 보통 사람이 자신의 일상을 기록하는 것과 같다. 단지 팔로워가 많을 뿐. 그리고 상대방과 그 글을 볼 누군가를 불쾌하게 할 여지가 있는 일은 쓰지도, 하지도 않는다. 우리 모두 이 점을 잘 알고 있다.

너무 피곤했지만 빵이 완성되는 것을 보고 싶었다. 저녁으로는 그녀가 만든 일본식 된장국과 소고기감자조림을 먹었다. 짜오찬런은 혼자 밥을 먹을 때도 변함없이 심혈을 기울여 상을 차리고 든든하게 먹는다. 페이스북에 사진을 올리겠다고 특별히 뭔가를 준비하지도 않고, 혼자 먹는다고 대충 하지도 않는다. 이렇게 자유분방하고 자연스러운 성격 덕에 내가 페이스북에 자유로이 글을 쓸 수 있는 게 아니려나.

나는 그녀가 주방에서 부산스레 움직이며 빵 만드는 모습을 보는 게 좋았다. 맛있는 걸 먹을 수 있어서가 아니었다. 최선을 다해 자신이 좋아하는 일을 하는 모습이 보기 좋았다. 삶을 대하는 이런 태도는 나까지 전염시켜 더 열심히 살게끔 한다.

한참을 기다리다가 잠이 들 뻔했다. 따끈따끈한 식빵이 구워졌고 그다음에는 한 판을 가득 채운 시나몬롤이 나왔다. 빵이 다 된 것을 보니 편안하게 잠을 자러 갈 수 있었다. 저리다는 그녀의 손을 꾹꾹 마사지해주고 잠을 청했다.

사랑하며 자유로움을 느끼는 것은 단지 안정적이라거나 신뢰가 깊어서가 아니라 서로가 자신만의 리듬을 찾았기 때문이 아닐까. 나만의 공간을 갖고 혼자서도 즐거움과 편안함을 느끼는 것. 그리하면 둘이 함께해도 좋고 혼자 있어도 좋은 법이다. 행여나 사랑을 얻거나 잃을까 위태롭게 전전긍긍하지 않게 된다. 스스로는 강해지며 서로의 생활 반경은 넓어진다.

쉽지 않겠지만 이것이야말로 우리가 원하는 모습이다. 홀로 선 하나, 자유로운 둘.

밤이 되면 우리는 각자 휴식 시간을 가진다. 나는 12시에 잠자리에 들고 짜오찬런은 혼자만의 시간을 즐긴다. 짜오찬런은 대체 몇 시에 자는지 모르겠다. 규칙적으로 사는 쪽인 나에 반해 그녀는 물 흘러가듯 자유롭게 산다. 아침에 문 앞에서 배고프다고 우는 고양이 소리에 잠이 깨면 나는 여느 때처럼 의식을 하듯 고양이에게 먹이를 주고 아침을 준비한 뒤 일을 시작한다.

이 무렵 집 안은 고요하기 그지없고 일 효율이 좋아 소설을 쓰기 시작한다. 아침을 먹고 곧장 일을 시작하는데 때로는 짜오찬런이 일어나기 전에 절반 정도 쓰기도 한다. 물론 글이 술술 써지지 않는 날이 다반사라 오후에 다시 몇 시간을 붙들고 있어야 한다.

글이 순조롭게 써지는 날에는 11시 즈음 쉬면서 할 일 없는 사람처럼 슬며시 방에 들어간다. 이때쯤 막 일어난 짜오찬런과 같이 침대에 누워 다리와 손을 마사지해주며 노닥거린다. 진정으로 편안해지는 시간이다. 조용하고 점잖던 그녀도 이때는 애교를 부리곤 한다. 워커홀릭인 나마저 안온히 쉬는 순간이다.

우리가 처음 같이 살기 시작했을 때에는 상상 못한 장면이다. 초창기에 서로 맞춰나가던 시기를 무사히 지나간 후에 얻게 된 결실이다. 저마다의 생활 리듬을 찾아 잘 맞춰온 끝에 이렇게 고요하고 아름다운 순간을 맞이하게 됐다.

오늘 소설을 일단락 짓고 짬을 내 페이스북에 글을 쓰고 있는데 문이 벌컥 열리는 소리가 들렸다. 고개를 들어보니 11시 반이었고 짜오찬런이 일어나 방에서 나오고 있었다.

"침대에서 뒹굴거리면서 기다리고 있어야지!"

"누가 이렇게 늦으래?"

그녀가 빙글빙글 웃었다.

날씨가 시원했다.

변화무쌍한 날씨에 맞춰 며칠 동안 잔병치레를 했다. 오늘은 오후까지 깊은 잠에 빠지고 말았다.

"날씨 진짜 좋다. 우리 나가서 좀 걸을까?"

그녀가 말했다. 나는 잠시 후 몸을 일으켜 같이 장을 보러 갔다.

짜오찬런이 만든 둔수차이를 제일 좋아한다. 요즘 토마토가 제철이라 큰 것 작은 것 할 것 없이 모조리 맛있다. 작은 유기농 가지는 세 개에 10위안이었고 애호박은 큰맘 먹고 아침 시장에 가서 사왔다. 둔수차이를 이렇게 감칠맛 나도록 맛있게 만들 수 있다니, 짜오찬런은 대체 어떤 조미료를 넣은 건지 도무지 모르겠다.

닭 안심은 재우고 노릇노릇 구우면 된다. 유기농 양배추는 가볍게 볶았을 뿐인데 맛있었다.

짜오찬런이 요리하는 동안 나는 날씨가 좋은 틈을 타 빨래를 널었다. 빨래 건조대 위에 옷을 차곡차곡 널어둔 것을 보고 있으면 왠지 마음이 놓인다.

함께한 지 어언 7년이다. 가끔은 눈빛만 봐도 그녀가 차를 마시고 싶어하는 걸 알아챈다. 뭔가를 말하려던 차에 그녀가 대뜸 내가 하려던 말을 하기도 한다. 일심동체인 한 대의 컴퓨터 같달까. 페이스북에서 어떤 정보를 접했을 때 그녀가 갑자기 그 기사를 봤는지 물어보는 일도 있다. 신기할 따름이다. 어디에 마음 센서라도 있는 건지. 이렇게 서로를 속속들이 아는데 무슨 신비감이 있겠는가?

익숙함 속 익숙한 연애. 이는 신비감만으로는 절대 닿을 수 없는 상태다. 온 신경을 일상생활과 일에 집중하게 하고, 지레짐작이나 근심을 덜 수 있게 된다. 이른바 '자아'를 서서히 만나게 된다. 나는 40대가 돼서야 스스로를 제대로 이해하고, 자신이 사랑하는 모든 이를 대할 마음의 여유가 생겼다. 이상한 일이다. 그렇게나 많은 연애를 했는데 말이다. 매번 최선을 다하고 마음을 다 쏟았는데 늘 숨이 차는 듯한 '긴장감' 속에 있었다.

젊었을 때 알았다면 얼마나 좋았을까. 실패한 연애일지라도 다시 행복을 누릴 기회가 없음을 의미하는 것은 아니었다. 산산조각 나버린 마음일지라도 충분히 자신을 다듬을 수 있었다. 누구보다 슬픈

이도 암흑으로부터 빠져나와 반짝이는 출구를 찾을 수 있다.

이별로 마음이 갈기갈기 찢어져 상심하고 있는 당신에게 말하고 싶다. 그 아픔은 다 진짜라고. 사랑의 일부분이니 그 고통을 받아들이라고. 사랑했던 그 아름다운 시절이 남긴 유산을 소중히 여기되 아무리 슬플지언정 자신을 포기하지 말라고. 희망을 버리지 말고 아픔을 숨기기 위해 사랑했던 기억을 깨부수면 안 된다. 상처 받을 것이 두려워 부정하거나 미워하지 말기를.

사랑하지 않기에 헤어진 것이 아니다. 연인으로서 함께할 수 없어서 헤어진 것이다. 이 사랑은 가슴속에 묻혀 계속 존재할 것이다.

누군가를 사랑할 수 있다는 말은 앞으로도 사랑 속에 살아간다는 의미다. 설사 때로는 사랑하는 사람과 함께할 수 없더라도 그 사랑의 마음을 계속 품은 채 복잡하게 얽혀 있는 생각의 실타래를 풀어버린다면 한층 성장해 씩씩하게 살게 될 것이다. 이 짙은 안개로부터 빠져나올 수 있다. 자신을 파멸로 이끌지 말고 잘 살아보자.

: 귀가 의식

오후에 짜오찬런이 스쿼시를 하러 갔다. 식재료를 사둬야 되는지 물었더니 그러라고 했다. 그럼 저녁을 해먹는다는 말이잖아! 기분이 좋아졌다.

우리는 주방에서 여유롭게 수다를 떨었다. 그녀가 야채를 차례차례 볶는 것을 보다보니 순식간에 다 완성됐다.

작은 접시에 담긴 샹건차오러우쓰香根炒肉絲•는 어제 식당에서 포장해온 것이고 우리가 자주 먹는 오곡밥, 광다오차이차오메이바이구廣島菜炒美白菇, 당근계란볶음도 있었다(집 근처에서 산 자연 방목 달

• 고기와 건 두부를 함께 볶은 요리

걀에 유기농 당근과 마늘을 넣어 가볍게 볶았다. 이렇게만 먹어도 충분히 맛있어서 맛이 어쩜 이럴 수 있는지 이상하게 느껴질 정도다. 나는 원래 당근을 잘 못 먹었는데 짜오찬런이 만든 당근계란볶음을 먹은 뒤로 즐겨 먹게 됐다). 그녀는 다시마와 멸치를 끓여 육수를 냈다. 여기에 미역을 넣으면 시원한 국이 완성된다(미역 역시 집에 늘 준비되어 있어 나도 국을 끓일 수 있게 됐다). 한 숟가락 먹더니 짜오찬런은 자못 진지하게 이제 집에 온 것 같다고 했다(귀가 의식은 이런 작고 사소한 일상생활의 조각이 모여 이루어지기 마련이다).

"이런 일상 참 좋다."

그녀가 말했다. 이렇게 심플할 수만 있다면 정말 좋겠다.

'너와 함께한다는 게 무엇보다 좋아.'

속으로 남몰래 중얼거렸으나 말을 꺼내지는 않았다.

비가 그치고 병도 다 나았다. 일상생활로 돌아왔다.

: 여정

짜오찬런이 검사를 받았다. 유행성 감기가 아니라는 의사 선생님의 말을 듣고 우리는 한시름 놓을 수 있었다. 집에 거의 도착했을 무렵 짜오찬런이 불쑥 말했다.

"여보, 밥 잘 챙겨 먹어. 이제 몸을 잘 챙겨야 해. 당분간 내가 잘 못 챙겨줄 것 같아서."

이 말을 들으니 왠지 슬퍼졌다. 나는 집에 도착하는 대로 죽을 끓여주겠다고 했다. 약을 먹고 아이스팩을 바꾼 뒤 그녀는 바로 잠들었다. 캐리어 안에 켜켜이 쌓여 있는 더러운 옷을 죄다 꺼내 빨았다. 업무를 보며 바쁘게 일 처리를 하다가 문득 일이 영원히 끝나지 않을 거라는 생각이 들었다. 스스로 자제해야만 될 터였다. 혹시 내가 워커홀릭이라 그녀까지 힘들게 하는 건 아닐까.

여행 중에도 항상 일을 했던 것 같다. 우전烏鎭에서 보낸 며칠만 예외로 아침부터 밤까지 함께 다녔다. 일을 하고 싶었지만 그런 풍경이 눈앞에 펼쳐지니 여유로움을 만끽하지 않을 수 없었다. 다른 곳에서도 나는 바쁘게 일했다. 원래는 짜오찬런을 관광시켜줄 친구가 있었지만 나중에는 그녀 혼자서 길을 찾고 자전거와 지하철을 타며 음식을 먹고 다녔다. 그녀는 어떤 도시에 가든 조금만 지나면 익숙하게 길을 찾곤 했다. 나는 저녁에 바삐 일하고 그녀는 조용히 정보를 찾고 지도를 들여다봤다. 내가 일을 내려놓으면 그녀가 대뜸 이 도시에 얽힌 어떤 옛일을 말해주기도 했다. 밤에 호텔로 돌아와 분주하게 화장을 지우고서 회신을 하고 세안을 한 나에게 가까스로 틈이 나면 카메라를 꺼내 그날 하루 어디에 가서 어떤 풍경과 건축물을 봤는지 말해줬다. 그녀는 사진 찍는 데에 소질이 있다. 친구가 찍어준 사진 속 짜오찬런은 몹시 아름다웠다. 어느 이른 새벽, 우리는 근처에 있는 젠빙궈쯔煎餅果子•와 카오렁몐烤冷麪••을 사고, 친구가 우리에게 선물한 딸기를 깨끗이 씻어 아침으로 먹었다. 30위안만 있으면 이렇게 굉장한 아침을 먹을 수 있다며 기쁜 듯 말했다. 이

• 계란으로 만든 전병

•• 면을 구워 전처럼 만든 요리

렇게나 작은 것에 만족하며 지낼 줄 아는 사람이다.

분주한 와중에도 나는 짜오찬런이 만족스러워하는 모습을 사랑한다. 이렇게 아름다운 사람이라는 게 자랑스럽다. 하지만 밤이 깊어 고요해지면 마음 깊은 곳이 아려온다. 나 같은 워커홀릭과 함께하는 게 얼마나 힘들까. 함께 방방곡곡 다녔지만 나는 늘 일을 하고 있었다. 짜오찬런이 혼자서도 잘 지냈고 홀로 하는 여행을 즐긴다고 해도 혹시 조금은 외롭지 않았을까? 어쩌면 그 풍경을 보며 옆에 내가 있어주길 바랐던 건 아닐까? 그러나 그녀는 내가 목표가 확실한 사람인 것을 잘 알고 있기에 나를 존중해줬다. 해를 거듭해가며 언제나 컴퓨터 앞에서 한도 끝도 없이 긴 글을 쓰던 날들과 같이. 그녀는 내 삶이 대략 이렇다는 것을 잘 알고 있을 터였다. 나는 늘 장황한 글을 쓰거나 쓸 준비를 하고 있었다. 한 사람에게 허용된 시간과 체력은 한정적이기에 가끔은 어떻게 해야 할지 모를 때가 있다. 그녀를 아주 사랑하지만 일 역시 매우 사랑한다. 나는 이처럼 부족한 사람인지라 여러 곳에 집중하기가 힘들다.

사실 힘든 것 따위는 모르던 나였는데 짜오찬런이 아프니 가슴이 무너져 내렸다. 내가 뭔가를 잘못한 건 아닐까. 내가 여행 일정을 너무 꽉 채우는 바람에 짜오찬런이 고된 건 아닐까.

잠시 후에 짜오찬런이 잠에서 깼다. 몸이 쑤시다는 그녀의 손발을 마사지해줬다. 집 앞에 사는 친구가 고기찜과 국을 좀 끓여다줬다(감동을 주는 세심하고 좋은 친구다. 고마워). 음식을 데워 짜오찬런에게 이온 음료와 함께 건넸다. 그녀는 드물게 애교를 부리며 아프다고 신음했다. 열이 나 견디기 힘겨워하는 것 같아 그녀를 위로해주고 수건을 갈아줬다.

"아픈 거 너무 싫다. 열나는 게 세상에서 제일 싫어."

짜오찬런이 바보같이 말했다.

"열나는 거 좋아하는 사람도 있나?"

"이렇게 온몸이 쑤시면서 열나는 느낌이 몸서리치게 싫다구."

"누가 쑤시고 열나는 걸 좋아하겠어!"

"마사지를 해주겠다는 거야, 말겠다는 거야!"

내가 마사지를 해주자 그녀가 아프다며 핀잔을 줬다.

"그래도 아내가 있어서 다행이야."

그녀는 베개에 얼굴을 묻으며 말했다.

나는 그녀를 안으며 속으로 눈물을 삼켰다. 내가 좋은 아내가 아니라는 걸 나도 잘 알아. 나는 좋은 배우자가 아니야. 나는 아니야.

그래도 최선을 다해서, 내가 아는 모든 방법을 총동원해 너를 사랑해왔어.

내 능력이 이것밖에 안 된단 말이야.

하느님, 그녀가 빨리 나을 수 있게 해주세요.

짜오찬런은 약을 먹고 다시 잠들었다.

나는 살며시 그녀 옆에 누웠다. 세상은 이렇게 넓고 하고 싶은 일도 많다. 그런데 사랑하는 사람 옆에 가만히 누워 있으니 이미 세상을 다 가진 것 같다. 내가 무슨 목표를 더 좇겠어. 방 안이 고요했다. 고양이가 한쪽에 웅크리고 있었다. 우리를 지켜주고 있었다.

괜찮아. 곧 열도 내리고 생활도 다시 좋아지겠지. 이 피로감도 지나갈 거야. 이 모든 게 다 가치 있음을!

: 잘 만나고 잘 헤어지자

우리는 혼인 서약을 했다. 하지만 나에게 그 서약은 자신을 위한 것이지 상대에게 무언가를 요구하는 것은 아니다. 더 노력할 수 없을 정도로 최선을 다하고자 하는 마음을 담았다. 그러나 삶은 종잡을 수 없고 사랑 또한 종잡을 수 없다. 서로에게 요구 사항이 하나 있다면, 한 사람이 떠나고 싶어할 때 절대로 붙잡지 않는 것. 즐겁게 만났다가 즐겁게 헤어지자는 것이 우리의 약속이다.

사랑을 하고 있는 사람들은 서로 깊게 의지하고자 한다. 우리는 만남을 즐거워하고 헤어짐으로 인해 슬퍼한다. 그러나 사랑하는 사람이 언제든 떠나도록 내버려두고 그의 선택을 존중하는 것. 스스로 고통을 감내하는 것. 고통스럽다는 이유로 상대를 만류하지 않도록 노력하는 것. 이것은 다른 차원의 사랑이다. 아마 무엇보다 어려운 일일 것이다.

설령 함께할 수 없게 될지라도 이 때문에 원망을 하거나 적대시하거나 지난날을 후회하지 않아야 한다. 나에게 이는 훨씬 어려운 과제다.

내게 가장 아름다운 사랑의 서약은 백년해로나 생사를 함께하는 것이 아니다. 다만 네가 내 옆에서 전과 다름없는 자유를 느낄 수 있기를 바랄 뿐이다.

: 함께한 지 7년

병원을 갔다 왔을 뿐인데 이렇게 또 하루가 지나가버렸다. 운동화를 벗는데 노곤해져 베란다에서 잠시 멍하니 있었다. 물끄러미 꽃을 바라보고 하늘도 쳐다봤다. 어느새 많이 자란 베란다의 식물이 아름다웠다. 고수도 높이 자라 용케 작고 하얀 꽃봉오리가 망울망울 맺혀 있었다. 베란다에서 너른 하늘과 꽃 그림자, 맞은편 폐허에 자란 푸른 나무를 보았다. 짜오찬런은 이 식물들을 정성껏 가꿔왔다. 그녀는 물을 주며 꽃에 말을 걸곤 했다. 만터우도 햇살이 따사로운 틈을 타 베란다에 나와 햇살을 만끽하고 있었다. 며칠 전 짜오찬런이 베란다 사진을 찍었는데, 나는 시간을 늦춘 듯 오늘에서야 그 사진과 같은 풍경을 보게 되었다.

며칠 전 저녁엔 주먹밥을 먹었다. 명란에 마요네즈를 섞어 주먹밥 안에 넣기만 해도 무척 맛있다. 짜오찬런이 없을 때는 주먹밥을 만들기 귀찮아 그냥 명란 비빔밥을 해먹는다. 김을 해치워야 할 때만 주먹밥을 만든다. 김을 구우면 바삭바삭해진다.

잠자코 주변을 꼼꼼하게 살펴봤다. 7년 전만 하더라도 이런 풍경, 음식, 생활은 상상도 못했는데. 그때는 작은 원룸에서 점심은 도시락으로 때우고 저녁은 국수를 끓여 먹으며 은둔 생활을 했다. 그러니 명란을 먹은 적도 없고 고수가 꽃이 핀다는 사실도 몰랐으며 우리 집 베란다에서 채소를 키울 줄은 꿈에서도 몰랐다.

서로에게 적응하던 그 길고 지난한 시기를 지나 우리는 함께한 지 7년 차에 접어들었다. 작년부터 지금까지 나는 계속 각종 잔병치레로 고생했고 우리 관계에도 기복이 있었다. 예상치 못한 일들로 희로애락이 가득했지만 지금처럼 고요하고 아름다운 장면을 볼 때면 힘이 불끈불끈 솟아난다. 앞으로 또 어떤 일이 나를 기다리고 있을지 모르겠다. 이따금 신비롭게 아름다운 것을 마주하기도 할 테고 이따금 슬프고 혼란스럽거나 걱정스러울 수도 있다. 그렇지만 어찌 되든 가능한 한 계속 소설을 쓰고 가능한 데까지 사랑을 하며 힘닿는 데까지 할 수 있는 일을 하면서 열심히 살고 싶다.

: 빨래

모든 집안일을 통틀어 내가 유일하게 민첩하게 하는 게 있다. 바로 빨래 널기와 걷기다. 특히 빨래를 너는 실력은 최고다. 짜오찬런은 뭐든지 잘하는데 유독 옷을 옷걸이에 거는 일을 잘 못한다. 또, 빨래를 잘 너는 법도 모르는 듯하다. 베란다에서 옷을 널고 있는 짜오찬런을 볼 때마다 그녀의 얼굴에 답답함이 한가득이다. 그 모습이 바보 같기도 하고 귀엽기도 하다. 그럴 때면 평소에 손이 굼뜬 내가 하겠다고 나선다. 빠르게 옷걸이와 옷을 분류해 옷걸이에 걸고서 지지대로 받친 뒤 높은 빨래 건조대에 넌다. 크고 작은 옷과 바지를 가지런히 걸어놓은 것을 보고 있자면 괜스레 뿌듯한 느낌이 든다.

"우리 여보 옷 진짜 빨리 넌다!"

여러 번 들은 말이지만 나는 어깨가 으쓱해 말했다.

"내가 왕년에 옷 좀 팔아봤잖아!"

나는 곧잘 시장에서 옷을 팔던 얘기를 꺼낸다. 우리 매대가 얼마나 컸는지 모른다. 장사가 잘될 때는 단시간에 몇백 장의 옷을 옷걸이에 걸어 진열을 하고 팔린 것은 재빨리 채워야 했다. 한때는 운동복 세트만 팔았는데 그 옷걸이는 조금 독특해서 먼저 바지를 건 다음 상의를 걸어야 했다. 옷이 변형되지 않도록 하기 위해서는 옷깃을 펼치고 옷걸이를 억지로 넣으면 절대 안 된다. 반드시 옷의 아래쪽부터 조심스레 옷걸이를 넣어야 한다. 옷마다 옷걸이에 거는 방법은 조금씩 다르다.

우리 집이 생긴 뒤로, 쓴맛 나도록 고생했던 과거의 일은 삶에서 빼놓을 수 없는 진귀한 경험이 되었다. 지금 와서 회상해보면 단순히 고생스러운 느낌이 아니라 복잡하고 깊이 있는 복합적인 가치를 지닌 과거다.

성인이 된 후에도 갑자기 시장에서 다시 옷을 팔고 있어 혼란스러워하는 꿈을 꾼다. 시험 보러 가는 것을 깜빡하거나 알 수 없는 이유로 트럭을 몰며 고속도로 여기저기를 돌아다니면서 물건을 나르는 꿈도 항상 꾼다. 그런 꿈에서 깨어날 때마다 내가 타이베이의 어느 조용한 방 안에 있다는 것을 인지하고 나서 자유롭게 소설을 쓰며 한시름 놓는다. 눈물이 한바탕 쏟아지기도 한다.

오늘 밤에 베란다에서 옷을 너는데 따스한 저녁 바람이 살랑살랑 불어와 마음에도 따뜻한 감정이 피어났다. 앞으로 또다시 그런 꿈에서 깨어난다면 안도감이나 울고 싶은 마음뿐만 아니라 감격스러운 감정이 느껴질 것이다. 왜냐하면 그토록 많은 옷과 시계를 팔며 비로소 지금의 내가 되었으니까. 누군가를 진심을 다해 사랑하고 착실히 글을 쓸 수 있게 되었으며 이렇게 진중하게 생활하게 되었으니 말이다.

: 둘만의 언어를 찾았다

타이중에서 집에 돌아왔을 때는 이미 늦은 새벽이었다. 이튿날 아침, 밥 먹으라는 짜오찬런 목소리를 어렴풋이 들었다. 손목시계를 슬쩍 보니 아직 7시밖에 안 된 무렵이었다.

"있잖아, 나 좀 더 자고 싶어."

"아침 먹어야지!"

집에서 아침을 먹은 게 대체 언젠지. 거의 열흘을 아침 식사 가게에서 단빙蛋餅•이나 샌드위치로 때웠는데. 음, 아무래도 일어나는 게 좋겠다!

• 밀가루 반죽을 넓게 펴 구운 전병에 갖은 재료를 넣고 말아서 먹는 간식

"만터우도 있네!"

"엄마가 만든 삼색 만터우인데 특별히 여보한테 남겨주신 거야."

시어머니가 만든 만터우는 갈수록 업그레이드됐다. 이번에는 자색 고구마와 노란 고구마로 자색, 노란색, 흰색의 삼색 만터우를 만드셨다. 참 예쁘기도 하다.

샐러드에 짜오찬런이 사온 병아리콩을 넣었다. 이렇게 넣어 먹는 건 처음이었다.

"난 병아리콩이 좋아."

"여보가 집에 없는 동안 로봇같이 살았어."

"웬 로봇?"

"매일 7시쯤 일어나서 아침을 해먹고 출근하고 퇴근하고 저녁을 먹고 일찍 잠자리에 들고. 매일 그랬거든."

"내가 집에 오니까 엉망이 되고 시끄러워졌잖아!"

나는 킥킥 웃으며 말했다.

"맞아. 집에 들어오자마자 입을 열기도 전에 뭔가 정신없어지는 느낌이더라."

우리는 종종 이런저런 대화를 나눈다. 예전 일을 얘기하는 습관은 짜오찬런한테서 배운 것이다. 아무리 바쁘더라도 꼭 시간을 내 함께 시간을 보낸다. 일에 대한 불평이나 인간관계 하소연을 하는 게 아니다. 고충을 호소한다든지 내 얘기만 하는 것도 아니다. 그저 일상 이야기나 각종 문제에 대한 '생각'을 진지하게 나눈다. 과거와 현재를 이야기 하면서 '소통'에 집중한다. 말을 하고 듣고 토론해야 한다. 대개 오랜 시간을 함께한 연인의 화제는 자기 이야기뿐이거나 끝없는 불평불만이나 자질구레한 혼잣말, 심지어는 알은체하며 사사건건 가르치려드는 대화인 경우가 많다. 이야기를 많이 나누는 것 같지만 정작 서로에 대한 이해가 깊어지지 않아 이로 인한 감정 역시 깊어지지 않는다. 익숙해졌다고, 내 연인이라는 이유로 상대를 리스너 '담당'으로 삼는다면 대화가 줄거나 무심해지기 마련이다. 날날이 털어놓고 싶어하거나 쓰레기 쏟아내듯 습관적으로 실없는 대화만 한다면, 상대가 어떻게 느끼는지 생각해보질 않는다. 이런 대화가 대체 무슨 의미를 지니고 있는지 생각조차 않게 마련이다.

"드디어 내 말을 알아듣게 됐구나."

짜오찬런의 이 한마디가 참 쓰라렸다.

몇 년에 걸쳐 우리는 셀 수 없는 말다툼을 하며 소통하는 법을 배웠다. 날마다 나눈 깊은 대화를 통해 우리 사이에 난 커다란 차이를 뛰어넘고 우리 둘만의 언어를 찾게 됐다.

"나 이제 '껍데기는 있는데 마음은 없다' 같은 유머러스한 방식으로 여보한테 주의를 주는 법을 마스터했어."

맞다. 연인은 '사람이 있는 곳에 마음도 있어야' 한다. 아무리 바쁠지언정 함께 보내는 시간을 중요시 여겨야 한다. 함께 시간을 보내는 순간에는 서로에게 집중하고 다소곳이 경청하며 열린 마음으로 바라봐야 한다. 그 순간, 이 사람은 내가 사랑하는 사람, 가장 중요한 존재다. 그를 이해하는 과정을 통해 우리는 자신까지 이해하게 되며, 서로 이해하는 과정 속 함께하는 날만큼 사랑도 더더욱 깊어진다.

만나든 통화를 하든 매일 시간을 내 함께하는 시간을 가져라. 손에 잡힌 일을 잠깐이라도 내려두고, 마치 처음 사랑을 하던 그때처럼 말이다. 그에게 하고 싶은 말을 늘 가슴에 품고, 인내심 있게 그가 하는 말을 들어주자.

처음처럼.

: 아직 늦지 않았어

요즘 짜오찬런은 나보다 일찍 잔다. 이불 속에 파고들어 재워달라고 하는 그녀의 등을 토닥여주고 발을 녹여주면 금방 잠이 든다. 이때의 우리가 정말 좋다. 고요한 한밤중, 온갖 역경을 함께 겪은 뒤 그 역경이 모두 씻겨나간 듯한 느낌이랄까. 그저 기댄 채 가만히 있으면 그 어떤 말도 필요 없어진다. 사랑하는 사람이 옆에서 곤히 잠들 수 있다면, 오직 나만이 세상에서 그의 나약한 면을 볼 수 있는 유일한 존재이기에 그 여린 몸을 잘 지켜줘야 한다. 내가 그의 고통을 가져오고 그에게 위안을 줄 수 있기를 바라게 된다. 그 따뜻한 마음이 나까지 위로해주는 것만 같다.

문득 융통성 없고 냉철했던 예전의 내 모습이 떠올랐다. 겉보기에는 누구보다 강인해 보였지만 속내는 한없이 나약했다. 나는 그 거짓된 모습과 방어기제를 차근차근 벗어던졌다. 이를 위해서는 친밀한 관계 속에서 배우려는 마음가짐이 필요하다. 아직 누군가를 사랑할 줄 모른다는 것을 인정하고, 자신을 하나하나 고쳐나갈 의향이 있다면.

아직 늦지 않았어.

: 작은 일의 취사선택

여름휴가가 끝난 뒤 짜오찬런의 출근 시간이 30분 당겨졌다. 그래서 나도 수면 시간을 조정했다. 자꾸 잠을 제대로 못 자서 아침마다 침대에서 게으름을 피우는 바람에 요 근래 아침 식사를 거의 같이 못 했다. 어제 짜오찬런이 아침을 만든 다음 양치를 하고 나갈 준비를 하다가, 같이 아침 못 먹은 지 오래됐다고 중얼거리는 소리를 얼핏 들었다.

내일부터는 무조건 일찍 일어나야겠다고 바로 결심했다.

오늘 짜오찬런이 일어나는 소리에 나도 황급히 일어났다. 아침 8시가 좀 넘은 시간이었다. 오늘 날씨는 맑음. 그녀는 한참을 바쁘게 움직였다. 어젯밤 너무 늦게까지 이야기를 나누다 잔 탓에 수면

이 부족했던 건지 다소 피곤해 보였다.

“원래 스크램블드에그를 만들고 싶었는데 또 좀 귀찮네.”

결국 계란을 그냥 삶았다. 우리는 식빵, 사과, 삶은 계란에 마요네즈, 견과류로 간단히 아침을 먹었다. 사진조차 남기지 않았다.

따스한 아침 햇살을 받으며 같이 아침을 먹고 두서없이 이야기했다.

“오늘 뭘 입지? 운동 바지로 긴 걸 가지고 갈까, 짧은 걸 가지고 갈까? 이런 날씨에는 어떤 옷을 입어야 할지 잘 모르겠어.”

그녀가 묻기에 나는 양파처럼 겹겹이 입으라고 답했다. 짜오찬런이 밖으로 나가려던 차에 나는 날씨가 꽤나 더운 것 같다고 느껴, 급히 짧은 바지를 꺼내와 그녀를 배웅했다. 마침내 그녀 얼굴에 화색이 감도는 듯했다. 각자 바빴던 터라 요즘 함께한 시간이 적은 편이었다. 짜오찬런은 좋은 것만 상기시켜주곤 한다.

잠이 조금 부족하긴 했지만 일찍 일어난 기세를 타고 소설을 쓰기 시작해 방금 전까지 단숨에 써내려갔다.

일찍 일어나니 기분이 좋았다. 내일도 계속 이어나가야지.

사랑은 이런 게 아닐까. 무릇 작은 일 속에 깃들어 있으며 사소한 일로 변화를 일으키는 것. 단지 하나의 결심에 지나지 않지만 그 결심이 관계를 개선하는 쪽으로 흘러야지 악화시키도록 내버려두면 안 된다. 사소한 행동 하나가 관계를 망치는 방향으로 가지 않게 막

아주곤 한다. 시시각각 서로 일깨워주며, 문제가 있을 때면 바로 개선해야 한다. 세월이 얼마나 지났든 서로에게 얼마나 익숙해져 있든, 이제 습관이 되어버린 그곳에 머물지 않게 당연시 여기지 않는 마음가짐을 늘 유지하자. 함께 시간을 보내는 것은 그저 단순히 함께 있기 위해서가 아닌, 내가 선택한 그 사람과 일생을 살아가기 위해서다. 함께 살아가기란 같은 공간에서 사는 것만을 의미하는 것도, 누가 누구와 함께 있어주는 것도, 누가 누구를 필요로 하는 것도 아니다. 서로의 삶에 최대한 많이 등장하며 이로 인해 진정한 이해에 도달하게 되는 일이다.

이런 작은 일들의 취사선택이 바로 사랑의 힘.

: 오래오래

저녁에 짜오찬런과 영화 「당갈」을 보러 갔다. 옆 좌석을 예매 못해 몇 열을 사이에 두고 앉았다. 영화가 생각보다 훨씬 재미있었다. 영화가 끝나자마자 짜오찬런의 좌석으로 달려가 그녀의 손을 붙잡고 크게 외쳤다.

"인도 영화 진짜 대단하잖아!"

노래와 춤이 특히 기가 막혔다. 결투 장면은 어디에 비할 바 없이 훌륭했다. 두 딸은 어렸을 때는 귀엽더니 크고 나니 멋있어졌다(긴 머리가 그야말로 여신 같았다). 아버지 연기는 또 얼마나 감동적이던지. 감동에 심취해 지금까지도 횡설수설하고 있다.

영화가 끝나고 우리는 손을 잡고 거리를 거닐었다. 내내 영화의 열정에 도취되어 짜오찬런에게 영화 보러 데리고 와줘서 고맙다고 했다. 쌀쌀한 밤공기를 맞으며 이대로 쭉 걸어도 좋을 것 같았다. 흥에 겨워 참지 못하고 덩실덩실 춤을 추자 그녀가 말했다.

"가끔 이런 데이트하자!"

응! 오래오래.

: 가족

오늘 짜오찬런과 위안산에 있는 시댁에 가서 저녁을 먹었다. 우리는 여행을 막 마친 참이었는데, 나중에 남동생들도 돌아와서 모두가 식탁에 앉아 여행에서 생긴 에피소드 이야기를 나눴다.

젊었을 적 남자 친구를 따라 집에 갔을 때 그의 부모님은 나를 두 팔 벌려 환영해주셨지만 당시에 나는 어른과 어떻게 대화해야 하는지 몰랐다. 다른 가족 모임 역시 그저 조마조마한 느낌만 들 뿐이었다. 그러니 자연스레 결혼은 상상할 수 없었다. 다른 누군가와 함께 가정을 이룰 거라고, '다른 이의 가족'으로 융화될 거라고도 상상하지 못했다.

지난 몇 년 동안 짜오찬런의 가족으로 자연스레 스며들었다. 특히 시어머니와 남동생 둘, 시어머니의 친한 친구분들은 내가 몸이 안 좋을 때면 관심을 가져주고 어디 먼 길을 갈 때면 걱정해주셨다. 내 존재를 자연스럽게, 여성 둘의 사랑을 이 세상 여느 사랑과 같게 여겼다. 어려운 성별 이론과 같은 것들을 고려할 필요 없이 시어머니는 그냥 내 자식이잖아! 딸이 하나 더 생겼어, 자기가 즐거워하는 일을 하게 내버려둘래, 같은 간단한 논리로 일축했다.

가족의 사랑은 동성애자가 가장 갈망하는 것인 동시에 감히 바랄 수 없는 과욕이다. 신문사의 인터뷰를 수락해 공개적으로 커밍아웃을 해 다행이라는 생각이 들었다. 그 작은 한 걸음이 나와 짜오찬런의 삶을 바꿨다. 이러한 일은 직접 해보지 않고서는 영원히 결과를 알 수 없다. 우리는 그 순간을 위해 이미 아주 오랫동안 준비를 해왔다.

집으로 향하는 길, 길바닥은 여전히 축축했다. 우리는 서로 어깨를 감싼 채로 손에는 시어머니가 주신 야채와 고기를 들고 걸었다.

젊은 내 모습이 떠올랐다. 그때의 뒤틀림을 내가 신경 쓰지 않았던 건 결코 아니었다. 내 안에 두려움이 많았고 나 스스로 이상한 사람이라 여겨 상대방 가족의 사랑을 받을 리 없겠거니 생각했다. 더 많은 순간들이 떠올랐다. 날이 서 있고 냉정하며 건방지고 제멋대로 구는 사람으로 여겨지기를 바란 것은 절대 아니었다. 따뜻하고 진실한 사랑이 흐르기를 내심 갈망하고 있었다. 단지 어떻게 해야 하는지, 어떻게 줘야 하는지를 몰랐을 뿐이다.

어떻게 그 견고한 외로움에서 지금의 따뜻하고 여유로운 모습으로 혼자서 탈바꿈할 수 있었을까? 산을 넘고 강을 건너 멀고 험난한 길을 걸어왔기에 가능했다.

황량한 길을 지나 반평생을 살아오며 믿게 되었다. 나는 사랑받을 만하며 누군가를 사랑할 자격이 있다는 걸 이제서야 알게 됐다. 절대로 잊지 않으리.

고마워, 포기하지 않아줘서

오래전 일이다.

악몽으로 잠에서 깨는 일이 잦았다. 종종 불면증으로 방에서 미친 듯이 서성이곤 했다. 오래전 지나간 어떤 일로 현실감각이 뒤죽박죽이 되어 내가 괜찮은 사람인지 모르게 되었다. 그래서 누군가 나를 사랑해주기를 간절히 바랐다. 하지만 막상 누군가 나를 사랑하게 되면 행여나 내가 그리 좋은 사람이 아니라는 것을 깨닫고 그가 나를 떠나갈까 두려웠다. 그 시절에는 사랑으로 고통을 회피하려 했지만 도리어 더 큰 고통만 야기했다.

나에게 안정감을 줘 고마워. 나조차 자신을 믿지 못했던 그 시기를 이겨내게 도와줘서 고마워. 나를 쭉 포기하지 않아줘서 고마워.

내가 어떤 사람이든, 예전에 어떤 삶을 살았든, 어떤 일을 겪었든, 나를 받아들여 믿어주고 진정한 자신을 찾도록 도와줘서 고마워.

만약 사랑이 뭐냐고 묻는다면 이렇게 말할 것이다. 사랑은 단지 넋이 나간다거나 어딘가에 매혹되는 것이 아니다. 사랑은 단지 서로를 그리워하고, 샘솟아 억제할 수 없는 열정을 의미하는 게 아니다.

사랑은 서로를 바라보면서 이해하고 응원하며, 지금껏 저지른 실수를 바로잡아주고 삶의 그늘을 걷어주고 상처를 보듬어주는 것. 긴 세월을 거쳐 사랑을 통해 사랑하는 이를 최고의 모습으로 성장시키는 것.

요 며칠 꿈속에서 떠다니는 것 같았다. 갑자기 생긴 고통과 고뇌 때문에 말이다. 일정한 간격을 두고 이런 일이 자꾸 나타나 이미 익숙해졌다지만 알 수 없는 고통이라서 생활하기 영 불편했다. 그래서 며칠 동안 집에서 푹 쉬기만 했다. 정말 온전한 휴식이었다. 책도 좀 읽고 드라마도 보며 긴장을 풀고 집에서만 움직이며 지냈다.

"그런 이유 모를 이상한 고통은 진짜 견디기 힘들잖아."

짜오찬런이 고생한다며 위로의 말을 건넸다.

뜬금없이 나타난 증상이라 며칠이 지나니 또 돌연 사라졌다. 이럴 때는 가만히 고통을 버티며 지나가길 기다리는 수밖에 없다.

"괜찮아. 조금만 참으면 괜찮아질 거야."

겉으로 이렇게 말했지만 그녀에게 고마운 마음은 여전했다. 보이지 않는 그런 고통으로 내가 너무 예민하다거나 과민 반응 한다고 생각하지 않아줬기에.

이와 같은 물리적인 고통은 어떤 정신적 고통과 비슷한 면이 있어서 다른 이에게 증명해 보이기 어렵다. 때문에 다른 사람을 이해시킬 방도가 없다. '힘내! 좀 긍정적으로 생각해봐. 쓸데없는 생각 마, 좀 오버하는 거 아냐?' 같은 말을 하거나, 신경질을 내며 의사에게 데려간다거나(이미 검진을 받아서 다시 갈 필요가 없는데도), 대뜸 초조해하며 어떻게 해야 할지 소란을 피운다거나, 나무라는 듯 보이지만 사실 초조함이나 걱정에서 우러나온 '거봐, 그래서 내가 그러지 말라고 그랬지! 네가 자꾸 이러쿵저러쿵해서 이렇게 된 거 아니야'라는 선의의 말을 하는 것. 이보다는 나의 고통이 진짜라고 믿어주는 것이 중요하다. 물리적이든 정신적이든 심리적이든, 장기적으로 고질병을 앓는 이를 돌보는 반려자로서 실은 부담이 있을 테지만 말이다. 굳이 무언가를 할 필요는 없다. 그저 믿어주고 들어주고 조용히 옆에 있어주는 것이 요란하게 무언가를 하는 것보다 훨씬 중요하다.

뭘 해야 할지 모를 때는 그의 손을 잡고 가볍게 토닥여주며 그에게 물을 따라주면 된다. 보채거나 마음을 졸이면 안 된다. 이런 고통은 실제지만 부담을 가질 필요는 없다. 해야 하는 일은 단 하나. '내가 도와줄 수 있는 건 없지만 네가 고생하고 있는 걸 잘 알고 있어. 내가 뭐 도와줄 게 있을까?' 이렇게 진정한 이해를 표현하는 일이다. 쉴 새 없이 변덕을 부린다거나 조바심 내면 안 된다. 과한 걱정으로 성을 내는 것도 안 된다. 당사자가 감당하는 부분이 있기 때문이다. 상대가 지쳐서 울고, 멍하게 있고, 평소와 달리 생기를 잃을 수도 있지만 내가 여의찮을 때는 반려자로서 적당히 방관할 수도 있다. 곧장 감당하려 들지도, 바로 거부하지도 마라. 그저 내가 이해하고 있다는 것을 인지시키면 된다. 나의 존재를, 내가 그를 응원하고 있다는 것을, 어떠한 문제가 생기면 우리 둘이 같이 해결할 수 있음을 알려주는 것만으로도 충분하다.

"고생하고 있는 거 잘 알아."

다른 어떤 말보다 나에게 힘을 주는 말이다. 어떤 고통은 누구도 분담해줄 수 없지만 누군가 그 아픔을 이해하고 있다는 것만으로도 외로움이 사라지곤 한다.

이번 남부 여행은 무척 재미있었다. 워커홀릭인 나는 평소에는 집순이다. 책을 쓰거나 강연이 있을 때나 외출을 하는데 이번에 출간한 새 책 덕분에 여러 곳에서 초대받아 제대로 '즐겼다'. 타이중, 가오슝 친구들과 만나 가오슝의 펜션 한 층을 빌려 묵었다. 먹을 것을 잔뜩 사서 즐겁게 이야기꽃을 피웠다. 그야말로 고등학교 졸업여행 같았다. 둘째 날, 샤오쓰를 따라 핑둥에 가 밥을 먹고, 주톈역으로 갔다. (점프샷을 실컷 찍었다. 뛰는 모습이 우스꽝스러웠다.) 음료수를 마시지 않는 나도 맛있는 매실차를 마시고 좋아하게 됐다.

차를 타고 멀리 가는 게 오랜만이었다. 고속도로에서 물건을 나르던 날들이 떠올랐다. 그 덕에 가오슝과 핑둥 쪽 지리에 훤했다. 하지만 소설 쓰기만을 꿈꾸고 있을 때라 길이 멀고 일이 버겁게만 느껴졌다. 돌아가 책상에 앉아 있고 싶을 따름이었다.

우리는 종종 자신에게 많은 꼬리표를 붙이고 서둘러 자신을 정의 내리곤 한다. 상처받을 게 두려워 행동으로 옮기지 못하며 사랑을 잃을까 두려워하다가 정말로 잃고 만다. 과거의 고통에 매몰되기도 하고 또 되레 그 고통스러운 기억에 기대기도 한다. 마치 우리 인생에 그것이 전부인 양 말이다. 모두에게 이런 말을 해주고 싶다. 고통스럽다고 덜 아문 곳을 급히 치유하려 들지 마라. 문자 그대로의 해석에 의지해서는 안 된다. 그러한 고통은 끊임없이 습격해올 것이다. 항상 이해하려 하고 지혜롭게 분별하도록 하자. 번번이 헛수고를 하겠지만 한 단계 성장하면 마음속 고통도 함께 성장할 것이다. 그러나 무엇보다 중요한 것은 살아남는 것이다. 심각한 위기에 빠지지 않도록, 목이 마르다고 해서 독이 든 술로 갈증을 해결해서는 안 된다. 그 오르락내리락하는 날들 속에 모색, 고통, 변덕이 존재할 수밖에 없다. 인내심을 갖고 자신을 마주해라. 맞아도 좋고 틀려도 상관없다. 당신이 더 괜찮은 사람으로 거듭나기 위해 계속해서 노력하고 있음을 잘 알고 있다. 모든 건 조금씩 쌓이기 마련이다. 모든 경험은 헛수고가 아니다. 중요한 것은 내가 살아남았다는 것, 쓴맛을 보며 살아남은 내가 실은 강인하다는 것, 나는 내가 생각했던 것 이상으로 훨씬 용감하다는 것이다.

힘낼 필요 없다. 이미 있는 힘껏 노력했다. 그러나 행복을 누려야 한다는 점을 명심하자. 바람을 쐬고, 맛있는 음식을 즐겨 먹고, 우정과 사랑을 온전히 느끼며 숨 쉴 틈을 주어야 한다. 언젠가는 그 악몽이나 고통에 아랑곳하지 않도록 말이다. 되살아날 길은 앞으로 더 많이 펼쳐져 있으니 자신에게 잘해주자. 지치면 조금 천천히 속도를 늦춰 푹 쉬자. 이미 회복하는 길에 들어섰다. 인내심을 갖고 유지하다보면 도착하리라.

제3부

10년 후

: 진지한 사랑

밤을 새우며 테니스 경기를 보느라, 친구와 늦게까지 이야기하느라, 그녀의 불면증 때문에, 게으름 피우는 나로 인해 아침 식사 시간이 좀처럼 맞지 않았다. 매번 바쁜 일이 있었지만 오늘은 드디어 같이 일어나 여유롭게 식탁에 앉았다. 그녀가 어제 사온 치즈와 토마토도 있고, 이런저런 이야기를 나누다보니 마침내 일상이 제자리를 찾아 평온해진 느낌이 들었다.

누가 무슨 이야기를 했는지 기억나지 않지만 우리는 웃음이 터졌다. 이번 여름 짜오찬런에게 긴 휴가가 생겨서 우리는 많은 곳을 다니며 함께 뜨거운 여름을 났다. 최근 무더위와 자질구레한 일로 짜증이 났지만 같이 견뎌냈다. 왠지 다시 처음부터 연애하는 것 같달까. 형용하기 힘든 느낌이었다. 어쩌면 레즈비언 책을 내서인지 뒤엉켜 있던 지난 시름과 상처들이 재정돈되듯 낱낱이 깨끗하게 정리됐다. 짜오찬런은 나를 따라 여러 번 무대에 올라 책에 대해 이야기했다. 우리는 각자 서로의 청춘에 대해 논했다. 그 시절 속 사랑하는 이에 대한 질투 어린 시선은 조금도 없었다. 오히려 그로 인해 뒤늦게 알게 된 것이 많았던 것 같다. 각자의 어린 시절, 찬란했던 청춘의 빛이 서로의 얼굴에 남아 있었다. 나는 그 시절로 돌아가 창문을 일일이 굳게 닫고 기억을 간직했다. 어떤 이와는 고별하고 아픔과는 화해했다. 짜오찬런은 옆에서 이러한 여정에 늘 함께해줬다.

사랑은 새로운 모습으로 부단히 바뀐다. 시간이 지나간다고 해서 옅어지거나 희석되지 않으며, 현실로 인해 닳지도 않는다. 서로 삶의 폭풍, 혼란, 고난을 함께 겪고 더 나아가 슬픔이나 시련을 함께 이겨내고 같이 성장했기에 우리는 이러한 사랑을 만들어 낼 수 있었다. 이 경험을 통해 자신의 인품을 새롭게 다듬고 시야를 넓힐 수 있었다. 좋은 기회를 만나 성장한 것이다.

최고의 모습으로 끈기 있게 성장하는 것. 또 사랑을 좋은 모양으로 끈기 있게 성장시키는 것.

웃으며 사랑하고, 울며 사랑하고, 진지하게 사랑하고, 진심으로 사랑하고, 깊게 사랑하고, 또렷이 사랑하고, 사랑에 심취하며 사랑 속에서 성장하자. 어떠한 형태든 삶에 찾아오는 사랑은 모두 진중하며 옳다. 선택의 기로에 섰을 때 증오가 아닌 사랑을, 상처가 아닌 열린 마음을 택해야 한다. 상실과 소유 모두 사랑이 남긴 귀중한 경험이다. 사랑을 할 때는 소중히 여기고 홀로일 때는 지나간 만남을 깊이 마음에 새기자.

깊이 축복하자.

"여보!"

새벽에 짜오찬런이 나지막이 부르는 소리에 잠에서 깼다. 그녀는 악몽을 꿨다며 안아달라고 했다. 그녀의 등을 토닥이며 위로해줬지만 실은 너무 졸렸다.

"그냥 악몽일 뿐이야. 실제가 아니잖아."

"여보랑 싸우는 꿈을 꿨어."

"그건 악몽도 아니네!"

나는 웃음이 삐져나왔다.

"너랑 싸우는 거 싫어."

그녀는 말을 마치고 나를 꼭 안았다.

애교 부리는 그녀의 모습을 볼 수 있는 건 이 세상 나뿐이다. 사뭇 진지한 그 얼굴이 어찌나 귀엽던지.

어젯밤 집에 돌아온 짜오찬런이 내일 몇 시에 나가야 하는지 물었다. 나는 이번에 타이중에 나흘에서 열흘 남짓 있어야 했다. 그녀는 자신이 집에 돌아오기 전에 내가 나가는 거냐고 되물었다.

"맞아."

"여보가 집에 없으면 많이 보고 싶을 텐데."

그녀는 또 덧붙여 말했다.

"진짜 엄청 보고 싶을 텐데."

"나도 그럴 거야."

"게다가 여보가 지금 뭐 하고 있는지도 모를 거고."

"병원에서 엄마를 돌보고 있거나 학교나 숙소에 있겠지!"

"내 말은, 여보가 집에 없는 게 적응이 안 돼서 공허할 거라구."

"공허하지 않을 거야. 너도 일하러 나가잖아. 퇴근하면 내가 전화할게."

"내가 집을 오랫동안 비우면 여보는 어떨 거 같은데?"

"많이 보고 싶겠지. 근데 공허함까지 느끼진 않을 거야."

"치, 너는 그냥 똑같겠지. 와, 신난다. 일에 집중도 하고 마음대로 이것저것 먹을 수도 있겠다, 하겠지."

짜오찬런은 마치 눈에 선하다는 듯 말했다.

"영양실조에 걸린 오징어가 될걸."

"너는 이제 내 삶의 일부가 됐단 말이야."

그녀는 낮은 목소리로 말했다.

너도 그렇다니! 입 밖으로 꺼내고 싶었지만 그저 그녀를 안아주며 머리를 쓰다듬었다. 희끗희끗 흰머리가 눈에 띄었지만 얼굴은 순진무구한 소년 같았다. 내가 제일 좋아하는 모습이었다. 세월이 흘러가며 우리가 서로의 일부가 되다니. 가장 중요한 일부분이.

바로 이런 사랑이다.

: 사랑이 가져온 변화

며칠 내내 아버지와 함께 어머니를 돌보며, 나는 여태 알아차리지 못했던 것들을 알게 됐다. 기억 속 아버지는 성격이 급하고 고집이 세며, 어머니는 유순하고 연약했다. 어제 이른 아침부터 오늘까지 어머니가 수술실에 들어가 계셨는데 아버지가 어머니한테 이리 세심하고 따뜻한 줄은 미처 몰랐다. 겉으로는 까칠하지만 은근히 잘해주는 그런 남편이었던 것이다. 어머니는 되레 제멋대로며 한 고집하는 성격 탓에 만만찮은 부분이 있었다. (예컨대 수술 전날 몰래 빠져나가 담배를 피우려 했다든지.) 내가 둘 사이에 있어서인지 다툼은 전혀 없었다. 이쪽저쪽 왔다갔다하며 구슬리고 중재하다보면 없던 일이 됐다.

어머니는 음식을 먹지 못했고 줄곧 토만 하고 싶어하셨다. 몸을 일으킬 수 없어 밥을 먹는 것을 불편해하셨다. 그 모습을 보니 잘 넘어가는 음식과 온갖 보약을 공수해오고 싶었다. 구역질은 없으니 내일은 아마 음식을 삼키실 수 있겠지.

"내 성격이 이렇게 좋은 줄은 몰랐다니까. 분명히 짜증나고 열 받는 일인데 막 참을성 있게 처리하고 있는 거 있지."

어젯밤 짜오찬런에게 말했다.

"여보, 나랑 오래 살면서 정상이 됐구나."

무슨 의미인지 곧바로 알아들을 수 있었다.

그저 어떻게 사랑해야 하는지, 원망하는 마음 없이 어떻게 노력해야 하는지를 알게 됐을 뿐이다. 그리고 그 에너지가 나 자신으로부터 나온다는 것을 진심으로 깨달았다. 내 마음속 상처와 화해하여 부드러우면서도 강인한 면을 드러내게 된 것이다.

사랑이 가져온 변화란 바로 이런 것이다.

: 흰죽

바빴던 10월을 버텨내고 드디어 며칠을 여유롭게 보냈다. 줄곧 긴장을 놓지 못했기 때문인지 요 며칠 틈만 나면 잠을 자곤 했다. 짜오찬런도 내가 잠을 자도록 내버려둬 침대 위에서 세월아 네월아 하며 지냈다.

그저께 한밤중에 그녀가 춥다고 하는 말을 들었다. 손발이 모두 얼어서 곧 편두통 발작을 일으킬 것 같았다. 우리는 침대에서 대화했다. 나는 그녀의 발을 마사지해주며 혈액순환에 도움이 되는지 지켜보았다. 어느 발가락을 누를 때 특히 아파하는지 관찰했다. 오래전에 혈 자리 책을 읽었던 기억을 끄집어내면서 서서히 발에 온기가 돌아오는 것을 느꼈다. 이렇게 발바닥과 발가락을 마사지해주며 여유롭게 대화를 나누니 함께 성장하고 늙어가면서 서로 가장 가까운 동반자가 된 듯한 느낌에 사로잡혔다. 반려자란 때때로 상대를 위해 사소해 보이지만 실은 무엇보다 중요한 일을 해주는 법이다.

"우리 내일 죽 먹자."

잠들기 전 그녀가 말했다.

"따뜻한 거 먹고 싶어."

알겠다고 하자 그녀는 쌀을 씻어 밥솥을 맞춰놨다.

이른 새벽 내가 아직 깊은 잠에 빠져 있을 무렵, 그녀는 먼저 일하러 나가 휴대전화로 아침 식사 사진을 보내왔다. 나보고 그대로 하라는 뜻이었다. 11시가 돼서야 그 죽을 먹었다. 그녀가 보내온 사진을 보며, 행여나 말해주지 않았다면 나는 분명 간장계란밥을 해먹었을 거라고 생각했다. 내가 정신이 없고 잠을 좋아하는 것을 그녀는 익히 알고 있다. 몇 마디 하지 않았지만 그 사진 한 장에 세심함이 담겨 있었다.

우리가 처음부터 이렇게 잘 맞는 커플은 아니었다. 무섭기 짝이 없는 결별을 거치며 끝이 보이지 않는 다툼이 이어졌다. 하지만 7~8년의 시간을 지나며 우리는 진정으로 서로를 한층 더 잘 알게 되어, 서로 이해하는 길로 접어들었다. 어떤 특별한 비결은 없다. 그저 매일 진심을 다해 노력하는 수밖에. 서로 사랑한다는 것은 나와 전혀 다른 사람으로부터 함께 지내는 법을 배우는 과정이다. 앞으로 나아가지 않으면 뒷걸음치게 마련이다. 오래된 연인은 함께 있으나 없으나 별반 차이가 없다고, 이미 열정이 사라져버렸다고 심심찮게 말하곤 한다. 문제가 쌓일 대로 쌓여 해결할 도리가 없어졌다고 말이다. 관계가 망가지는 게 뻔히 보여서, 이미 관계를 좁힐 수 없을 정도라서, 아무런 성과도 없을 것이 너무 명백해 보여서, 혹은 어떻게 개선해야 할지 뿌리 뽑기 어려운 지경에 이르렀다 생각하는 경우가 많다.

어떤 문제일지라도 관계 속에 존재한다면 경계하며 해결하고 넘어가야 한다. 한 단계씩 통과해야만 한다. 일순간 저절로 사라져버리는 것은 없다. 소통, 소통, 끝없이 소통하는 것. 상대를 가장 좋은 친구, 나의 짝, 나의 벗, 또 하나의 자신으로 여기자. '연인'은 그저 서로 사랑하는 관계에 그치는 것이 아니라 서로 지원해주는 존재다.

연인의 일반적인 신화는 이렇다. 처음에는 상대의 아름다움만 보이지만 나중에는 상대의 못난 점만 보인다. 처음에는 사랑하며 느끼는 즐거움만을 상상하나 나중에는 함께 지내며 생기는 부담만 느낀다. 사실 이와 같은 즐거움과 고통, 아름다운 면과 못난 면은 처음부터 존재했다. 인간은 복잡한 존재라 함께하는 날이 길어질수록 더 많은 모습을 보게 된다. 연애라는 방식으로 서로 사랑하는 것은 처음에 느낀 아름답고 낭만적인 열정을 생활에 실천하기 위해서다. 일단 마음의 준비를 해야 한다. 이 과정에는 여러 요동치는 변화가 있을 것이다. 서로 영향을 주고받으면서 관계 역시 시시때때로 변화를 만들어낸다.

가끔 반려자가 실망을 안겨줘 깊은 절망 상태에 놓이면, 일단 분노, 책망, 실망과 같은 감정을 접어두고 다르게 생각해보자. '상대가 난관을 이겨내도록 도와주기.' 그가 약해졌을 때 내가 힘을 내서, 평가하는 마음가짐은 버리고 '그를 위해 해줄 수 있는 게 무엇인지' 분명히 생각해보자. 같이 노력하여 그 궁지에서 빠져나올 방법을 고민해보자. 그의 곤경은 곧 나의 곤경이기도 하므로 그를 도와줘야 한다. 즉 '우리'를 도와주는 것이다.

세월이 흘러 사랑이 옅어졌다고 생각될지도 모른다. 그러나 그 향기는 없어지지 않는다. 무엇과도 어울릴 수 있는 그릇 하나가 되었다. 마음부터, 속부터 따뜻하게 데워주는 흰죽. 이 평범함보다 영양가 풍부한 것이 또 있을까.

: 거울

월요일은 짜오찬런이 쉬는 날이다. 우리는 오후에 장을 보러 마트에 가서 팔짱을 끼고 돌아다녔다. 날씨가 유난히 따뜻했다. 그렇게 한가롭게 걷다보니 어쩐지 먼 곳에 온 것만 같았다. 고요하게 하루를 보내서인지 심신의 피로가 다 풀린 듯했다.

저녁에는 생선을 먹었다. 짜오찬런은 야채 요리를 하고 생선 두 마리를 구웠다. 오차즈케를 먹을 거냐고 물어 좋다고 대답했다. 저녁에 생선만 먹었을 뿐인데 배가 불러서 밥은 조금만 먹었다.

"이렇게 먹으면 끓일 필요가 없었는데."

"음, 맛있어."

한동안 외식만 하느라 야채를 많이 못 먹었다. 나한테 필요한 건

바로 이렇게 평범한 음식이었단 말이야.

짜오찬런은 식탁에, 나는 책상에 앉았다. 그녀가 곁에 있어도 독서를 하고 원고를 쓰는 데 전혀 지장이 없다. 그녀가 일을 할 때면 나도 그녀를 방해하지 않는다. 그렇지만 우리는 가끔씩 손에 잡힌 일을 모두 내려두고 이야기를 나눈다. 그녀의 목을 마사지해주고 어깨를 주물러주며 서로 가까이 기댄 채로 있다가 각자 자리로 돌아가곤 한다.

오랫동안 서로 맞춰나가면서, 우리는 함께하는 시간도 중요하지만 혼자만의 시간 역시 소중하다는 것을 알게 됐다. 함께 지내며 혼자만의 시간을 가지려면 합의를 거치고 많은 시간을 들여 익숙해지도록 연습해야만 한다. 매일같이 붙어 있으며 서로가 일상이 돼서는 안 된다. 더불어 사는 관계를 위해서 연인은 소통을 하고, 함께 시간을 보내고, 곁을 지켜주며 이해해줘야 한다. 이는 시간과 맞바꾼 것이다. 조금도 게으름을 피워서는 안 된다. 그리고 우리도 성숙해져야만 한다. 혼자만의 공간에 눌러앉아 자신이 좋아하고 집중할 수 있는 일을 찾아 생활할 필요가 있다. 이러한 둘의 궁합은 상대방에게 나의 세계를 이해하도록 만들고, 나의 삶 역시 더 풍부하게 만들어줄 것이다.

이렇게 영영 주동적인 사람으로 살고 싶다. 사랑으로 가득할 때든 다툴 때든, 어떤 상황이 닥쳐올지언정 소통을 포기하지 않을 것이다. 자존심이나 체면, 주도권을 위해 뒷걸음치거나 냉담해지지 말아야지. 내가 사랑하는 사람을 두려워 말자. 설사 당신이 싸움이나 상실을 두려워하더라도 말이다. 그 공포가 겉으로 드러날 때 사랑은 차차 사라지기 마련이다.

앞으로도 우리가 서로의 가장 좋은 친구이기를. 벗, 동반자, 애인, 가족, 그리고 서로의 가장 투명한 거울이기를 바란다.

: 2017년 11월 어느 날

어제는 먹을거리 외에 아무것도 사지 않았다. 이틀 전에 생필품을 조금 사둔 덕에 더 살 게 없었다.

오후에 각자 집으로 돌아왔다. 짜오찬런이 황훈 시장에 가자고 했다. 같이 그곳에 간 게 대체 언제인지. 휴일 초저녁 무렵 시장에는 늘 사람이 북적여서 느리게 걷는 수밖에 없다. 신선한 야채와 과일, 다양한 먹거리가 지천으로 깔려 있었다. 향긋한 냄새로 가득하지만 가끔은 불편할 정도로 사람들에게 치이곤 한다. 그렇지만 이곳에서는 일상의 깊은 숨결을 느낄 수 있다. 홀로 외로이 장편 소설을 쓰던 시절에는 날마다 시장에 와서 이리저리 서성였다. 그러다보면 왠지 사람들과 이어지는 듯한 느낌이 들곤 했다.

요즘 짜오찬런이 둔수차이를 먹고 싶어해서 시장에 몇 번이나 가 봤지만 애호박을 구하지 못했는데 어제 드디어 황훈 시장 과과瓜瓜 아저씨에게서 먹음직스럽고 저렴하기까지 한 애호박을 샀다. (박과류만 팔아서 과과 아저씨라 부른다.) 그리고 토마토, 가지, 로메인 상추(아침으로 상추를 먹은 게 대체 언제더라), 양파, 색색의 파프리카도 샀다.

짜오찬런은 시어머니가 주신 네날가지를 오븐에 굽고, 둔수차이를 만들었다. 퀴노아를 넣은 밥과 시어머니가 주신 러우구차까지 하나하나 식탁에 차리니 온몸에 온기가 퍼지는 것 같았다.

나는 성격이 급한 편이라 생선을 마구잡이로 발라 먹는 습관이 있다. 그녀가 그런 내 모습을 보고는 깔깔 웃었다.

"이것 좀 봐봐, 다 헤집어놨네."

그녀는 제일 맛있는 부분을 골랐다며 생선살을 발라주었고, 나는 겸연스레 웃으며 고맙다고 했다. 그녀의 능수능란한 젓가락질을 보며 잘 배워서 앞으로는 침착하게 생선을 발라 먹어야지, 다짐했다.

"둔수차이 왜 이렇게 맛있어?"

"그냥 뚜껑을 닫고 요리했을 뿐인데, 맛있네."

큰 냄비를 꼭 닫아두었을 뿐인데 이렇게 훌륭한 요리가 탄생하다니, 꼭 요술을 부린 것 같군.

"생선도 이렇게 구우니까 맛있다."

"역시 집밥이 맛있다니까."

업무를 조정하느라 짜오찬런의 퇴근 시간이 늦어지는 바람에 같이 저녁을 먹는 시간도 덩달아 줄어들어 휴일에나 같이 저녁을 먹게 됐다. 혼자 간식거리를 먹고 있다가 그녀가 8시 넘어 집에 오면 함께 밥을 먹으러 나가곤 했다. 하지만 그쯤 되면 둘 다 배가 너무 고프기 때문에 일부러 무리하지는 않고 있다.

금요일에는 병원에 갔다. 진료가 끝난 뒤 지하철을 타고 운동 센터에 가서 짜오찬런과 만나기로 했다. 초행길이라 조금 헤매다가 겨우 도착했다. 스쿼시장에 들어가자마자 한창 스쿼시를 하고 있는 그녀와 샤오마가 보였다. 그녀가 운동하는 걸 보는 게 정말 오랜만이었다. 훌륭한 파트너와 하는 연습이었기에 유리창을 사이에 두고도 그들이 흘리는 땀과 에너지가 느껴졌다. 다른 사람이 운동하며 흘리는 땀방울, 그 집중력, 들뜬 모습이 좋았다. 그런 그녀가 좋았다.

운동이 끝나고 짜오찬런은 오토바이에 나를 태우고 밥을 먹으러 갔다. 그녀가 최근에 발견한 작은 가게였는데 업무 스케줄이 조정된 후로 퇴근하는 길에 자주 들러 먹는 곳이라고 했다. 가게가 깨끗하고 음식이 담백해 기쁜 마음으로 저녁을 뚝딱 해치웠다. 먹고 나면 조금도 갈증이 나지 않고, 몸이 상쾌해지는 느낌이 드는 음식이었다.

"근처에 진짜 분위기 있는 어묵집이 있는데 한번 가보자."

그녀는 내 손을 잡아끌었다. 우리는 모퉁이를 돌고 골목을 꺾어 길가에 위치한 작은 가게에 도착했다. 손님으로 가득 찬 비좁은 가게 분위기가 정말 좋았다.

"근데 나 너무 배부른데."

"나도 더는 못 먹겠어."

그래서 그길로 다시 떠났다.

우리는 큰 소리로 시시콜콜한 이야기를 나누며 집으로 향했다. 길이 조금 막혔다. 집 근처 마트에 들러 두유와 과일을 샀다.

일상 속에서 숱한 변화를 마주하더라도 시간을 내 함께 보내며 생활 패턴을 번번이 맞춰왔다. 아무리 바쁠지언정 시간과 장소를 찾아 사랑하는 사람과 함께해야 한다. 함께해주는 것만이 사랑을 실현할 수 있는 유일한 방법이 아닐까 싶다.

: 진심

데스크톱 컴퓨터가 고장난 지 오래되어 매일 아침 컴퓨터를 켤 때마다 한참 기다려야 했다. 먼저 전원을 눌러둔 다음 계란을 삶아 아침을 먹고 나면 얼추 시간이 맞아 그제야 사용할 수 있었다. 그런데 그저께는 점심을 다 먹을 때까지 컴퓨터가 켜지지 않았다. 우리는 짜오찬런 집에 컴퓨터를 가져가 그녀의 남동생에게 고쳐달라고 했다.

결국 너무 오래됐다 싶어 동생에게 새 컴퓨터 조립을 도와달라 부탁하고 쓰던 컴퓨터는 수리 후 가족에게 주기로 했다.

컴퓨터가 없는 며칠 동안 드디어 제대로 쉴 수 있어서 좋아하는 책과 영화를 마음껏 봤다. 그저께 새 컴퓨터가 집에 도착했는데 다시 태어난 듯 글이 더없이 잘 써졌다.

"컴퓨터가 너무 느려서 소설 쓰는 게 계속 막혔던 거였어!"

"이제 컴퓨터를 아껴줘야 해. 아무 파일이나 막 저장하지 말고, 이상한 거 다운받지도 말고!"

처음부터 연습하는 것 같은 느낌이 들었다. 전에는 정리를 제대로 안 한 파일을 한곳에 몰아넣어놨다. 오늘부터 다 쓴 글은 새로 저장하고, 예전 파일이 필요하면 폴더에 들어가 일일이 꺼내야지. 사용한 거는 바로바로 정리하고. 메일을 정리하다가 올해 1월부터 9월까지 받은 메일을 그만 실수로 지워버렸다. 괜찮아. 이번 기회에 정리하는 것도 좋지.

이 때문인지 번잡했던 생각이 싹 사라져버렸다. 컴퓨터가 차차 손에 익었고 글을 한 편 한 편 살려냈다. 당장 급한 게 없어서 쓰고 싶은 만큼 쓰고, 하고 싶은 만큼 정리했다. 없어진 몇몇 파일은 그냥 버리지 뭐. 다년간 쌓인 문제를 단박에 해결할 수는 없는 노릇이니까.

갑자기 오랫동안 교제했던 연인들이 떠올랐다. 관계 속에도 해묵은 문제가 존재한다. 오해나 우연한 일이 원인이 되어 관계가 막혀버려 아무리 애를 써도 앞으로 나아가지 못하고 헤어져야 할 지경에 이를 때가 있다.

문제가 생기면 당장 해결하는 것이 가장 좋지만 이미 시기를 놓쳐버려 돌이키기 어려운 문제는 관계 속에 엉켜버리고 만다. 컴퓨터와 같은 기능이 있다면, 케케묵은 문제들은 폴더 안에 넣어두고 둘이서 '리셋' 버튼을 눌러 다시 처음부터 해볼 텐데.

물론 사람은 컴퓨터가 아니기에 이렇게 간단하게 감정을 봉해둘 수 없다. 짜오찬런과 재회한 후 우리 사이에 설명하기 어려운 문제가 실로 많아 어떻게 해결해야 할지 감이 오지 않았었다. 그래서 문제가 생길 때마다 선생님이 써주신 글귀를 되새김질했다. 공자의 '성사불설, 수사불간, 기왕불구成事不說, 遂事不諫, 旣往不咎'•라는 말이었다. 도달하기 어려운 경지이긴 하지만 복잡한 과거가 얼기설기 얽힌 연인에게 주는 유일한 해독약이었다.

우연히 일이 잘못되거나 언제 오해를 낳았는지도 모르는 경우가, 너도 나도 억울해 서로 변명하고자 할 때가, 각자의 입장 차이가 있을 때가 참 많다. 이런저런 일은 우리를 점점 멀어지게 한다. '지나간 일은 탓하지 않는다'는 말은 문제를 직면하지 말라거나 해결하지 말라는 의미가 아니다. 두 사람이 다시 노력해볼 의향이 있는지가 중요하다. 이때 고정관념, 서로에 대한 손가락질, 원한은 모두 내려놓아야 한다. 완전히 새로운 자세로 관계를 처음부터 바라봐야 한다. 물론 감정은 남아 있겠지만 마음가짐을 새롭게 하고 지난 문제

• 『논어論語』「팔일八佾」에 나오는 문장으로 '이미 이루어진 일은 거론하지 말며, 끝난 일은 더 이상 간언하지 말며, 이미 지나간 일은 탓하지 말아야 한다'는 뜻.

는 일단 묻어두자. 감정이 원래 감정으로 돌아가고, 마음도 일부분 원래 마음으로 되돌리려면 서로에 대한 분노, 무력감, 원망하는 마음이 먼저 평온한 상태가 되는 때를 기다려야 한다.

나는 그 순간을 영원히 잊지 못할 것 같다. 우리가 다투고 오해하며 원망하던 감정이 평정을 찾았을 때, 당신 앞에 있는 그 혹은 당신이 사랑했던 모습이 얼마간 마치 외계인에게 납치당한 것만 같았을 것이다. 왜 그렇게 무섭게 변한 걸까? 서로를 탓하는 말들, 원망 섞인 말투, 그 책망은 당신이 말하고자 했던 핵심이 전혀 아니었는데. 진정으로 신경 쓰였던 것은 당신이 상처를 입었고, 의심을 했고, 그가 나를 사랑하지 않을까 두려운 마음이었을 것이다. 스스로 기대를 저버렸을까봐, 그가 나를 충분히 사랑하지 않았기 때문에 이렇게 된 것이라는 생각이었을 테다. 하지만 동시에 당신도 그를 아낌없이 사랑해주지 않았다는 것은 생각지 못했을 것이다. 우리 사랑은 말다툼, 홧김, 오해, 의심으로 상처를 입었다. 그렇지만 진정한 사랑은 사라지지 않았다. 다른 사람을 사랑한 것도 아니고 다른 곳에 가 누군가의 품에 안길 생각도 하지 않았다. 단지 더 이상 나아갈 수 없었을 뿐, 원래 가던 길이 막혔을 뿐이다.

그러나 비바람이 지나가고 감정에 가려졌던 사랑은 다시 새록새록 떠오를 수도 있다. 안정을 되찾았을 때 본심으로 돌아가 초심을 떠올려보자. 상대에게 바라는 바가 전혀 없을 것이다. 그저 그가 너무나 좋고 그가 행복해하는 모습을 보고 싶을 것이다. 지금 눈앞에 있는 이 사람이 내가 좋아했던 이가 맞는가? 몇 년간의 사랑은 진짜로 존재했다. 그저 언제 길을 잃었는지 모를 뿐이다. 상대방을 재차 찾아가 그 진실된 마음을 다시 찾아올 기회가 있는가?

이 모든 건 두 사람의 합의와 의향에 달려 있다.

처음 만났던 그때와 같다면 계속할 것인가? 다시 할 수 있나? 아니면 헤어진 것이 서로에게 더 좋은가? 두 사람의 의향에 달려 있으니 강요해서는 안 된다. 그렇지만 서로에 대한 지적과 원망, 후회, 자존심, 오만, 상처 입은 감정을 버리고 사랑 본연의 모습으로 돌아간다면 혹시 우리가 한때 사랑했던 그 진심이 남아 있지는 않을까.

: 절친

일전에 한 인터뷰에서 동거와 창작 생활의 균형을 어떻게 맞췄는지, 혹시 방해를 받지는 않았는지 질문을 받은 적이 있다. 글을 쓰는 일은 아주 사적인 일이기에 영향을 받지 않느냐는 말이었다.

오래전에는 스스로를 완전히 독립적인 상태에서만 글을 쓸 수 있는 사람이라고 여겼다. 심지어 카페에서도 글이 써지지 않았으니 말이다. 당시에는 옆에 있는 사람이 깨어 있으면 잠이 오지 않아 몇 번에 걸친 동거 생활이 실패로 막을 내렸다. 혈혈단신으로 혼자 늙는 수밖에 없다고 생각했다. 그러나 짜오찬런과 만나던 무렵에는 동거를 하기 전부터 여러 어려움을 극복하는 법과 감흥대로 하는 창작 방식을 연습했다. 매주 그녀의 집에서 며칠을 지내며 장편 소설을 유에스비에 담아 가지고 다니곤 했다. 그녀가 출근하면 책상에 앉아 그녀의 컴퓨터로 원고를 써내려가다가 집으로 돌아와 계속해서 글을 썼다. 훗날 살림을 합친 후로는 짜오찬런이 집에 없는 시간은 곧 소설 쓰는 시간이 되었다. 그녀가 집에 있을 때는 칼럼을 쓰거나 페이스북 같은 곳에 짧은 글을 썼다. 함께한 지 오래되니 서로 호흡이 잘 맞게 돼 한 명이 무언가를 하려고 하면 다른 한 사람은 자연스레 일을 하러 가곤 했다. 그녀가 쉬는 날 낮에는 나는 평소처럼 거실에서 소설을 쓰다가 시간이 얼추 되면 방에 들어가 잠을 자므로 방해받는다는 느낌을 받지 않는다.

내가 너무 쉬이 집중하는 걸까. 같이 지내는데도 너무 쉽게 집중하는 게 오히려 문제라면 문제다. 집중하기 시작하면 뭐든 잊어버려 사랑하는 사람과 함께 있다는 사실을 잊지 말라고 자신에게 일깨워줘야 한다. 이렇게 다른 이 옆에서 안심하고 일을 할 수 있다니. 이 역시도 전에는 상상할 수 없던 경지다.

토요일 오후에는 같이 테니스 경기를 봤다. 고양이는 우리 사이에서 몸을 둥그렇게 말고 있었고, 우리는 함께 좋아하는 테니스 선수를 응원했다. 우리 집의 일상적인 장면이다.

누군가 나에게 했던 말이 떠올랐다. 뭐 때문인지 모르겠지만 사랑하는 사람이 옆에 있을 때면 나답지 못한 것 같다고. 그가 신경 쓰여 말이나 생각까지 영향을 받는 것을 어찌할 수 없다고 말이다.

나도 그랬던 때가 있었다. 사랑은 휘청휘청한 것이기에 그렇게 예민하고 신경질적인 것이라고, 주체할 수 없이 온 정신을 그에게 빼앗겼다 여겼다. 사실 이 역시도 아주 아름다운 일이다.

다만 이렇게 해서는 사랑하는 사람과 함께 생활할 수 없다. 공생하면서 홀로 설 수 있는 생활 패턴을 필히 찾아나가야 서로의 생활이 한데 잘 어우러질 수 있다.

안심하는 것이 가장 중요하다. 서로의 독립적인 생활을 존중한다면 마음을 푹 놓을 수 있다. 함께 있을 때는 그 시간에 집중하고, 해야 할 일을 할 때는 안심하고 일을 처리하며, 지금 대화를 하고 있든 아니든 상대의 마음을 의심하지 말고, 상대가 지금 무슨 생각을 하는지 지레짐작해서도 안 된다. 궁금한 게 있으면 직접 묻되, 만약 입을 열지 않으면 그 선택을 존중할 것.

서로를 안심시키고 자신을 열심히 갈고닦아야지만 관계가 잘 진전되고 둘만의 생활 패턴을 맞출 수 있다. 이로 인해 쌓인 함께 생활하는 노하우가 결국 관계 속으로 돌아와 사랑의 양분이 된다.

누군가를 사랑하는 일은 시도 때도 없이 그리워하는 것도, 그가 항상 나에게 관심을 기울이고 있어야 하는 것도 아니다. 내가 그를 사랑한다는 이유로 사랑받으려고만 해서는 안 된다. 서로의 사랑을 품고 밖으로 나가 여기저기 다니다가 돌아와 상대에게 공유하면 된다. 서로가 서로의 중요한 일부라는 것을 애써 언급하지 않아도 되니 수시로 고려하지 말기. 그렇지만 곁에 있을 때는 서로에게 아름다운 것을 많이 털어놓기. 바로 그 순간, 시간이 길든 짧든 소통하고 진지하게 이해하기. 설령 오늘은 딱히 할 말이 없을지언정 그저 조용히 함께해주기.

이것이 바로 절친이다.

: 왜 나야?

규칙적으로 글을 쓸 때는 보통 아침을 먹고 나서 작업을 시작한다. 오전에 요가 수업이 있는 금요일은 집안일 하는 날로 정해두었다. 이 주 동안 호주 오픈 테니스 대회 주간이라 오후에 집안일을 조금 하고 둘이서 테니스 경기를 관람했다.

경기 쉬는 시간을 틈타 장을 보러 다녀왔다. 라파엘 나달의 경기를 본 후에 짜오찬런은 저녁을 준비했다. 오늘은 카레를 먹는 날. 두부 된장국만 있으면 격양된 기분으로 테니스 경기를 볼 수 있지.

좋아하는 선수를 위해 환호하고 탄식하며 응원의 박수를 치는 우리 반응이 거의 일치했다.

"언젠가 누군가랑 이렇게 잘 지낼 수 있을 거라 생각해봤어?"

그녀가 웃으며 물었다.

"생각해봤을 리가 없지!"

맞다. 나는 누구와도 어울릴 수 없다고 믿었어. 누구 옆에 있든 이상한 느낌이었다. 어떻게 사랑을 하든 언제나 알 수 없는 방해를 받는다거나 극복할 수 없는 곤욕을 치렀다. 열과 성을 다해 사랑을 해도, 심금을 울리는 사랑을 해도, 영문을 알 수 없었다. 나에게 사랑은 늘 인생의 화제이며 골칫거리였다.

미련했던 내가 마침내 그 터널을 통과한 것이다.

"왜 나야?"

짜오찬런이 물었다.

예전에는 몰랐지만 이제는 알겠어. 처음에는 말로 형용하기 힘든 서로에 대한 이끌림 때문이었으나 나중에는 서로를 진정으로 이해하게 돼서, 네가 계속 좋아할 수 있는 사람이 되었으니까. 어떤 일이 생기든 나는 너를 알아볼 거야.

한 사람을 사랑하는 일에 어떤 법칙이란 없다. 그 열정을 억누를 수 없다. 날이 가며 자연스레 생기는 습관 같은 것도 아니다. 처음 사랑이 싹틀 때 생겨난 로맨틱함을 바탕으로, 진심을 다해 함께 지내는 데에 달려 있다. 조금씩 조금씩, 하루하루 험난한 시련을 극복하며 함께 만들어내는 것이다. 우리는 이런 사랑의 교훈을 얻었다.

함께한 시간 동안 우리는 사랑을 나누며 어떻게 사랑하는지 터득했고 진정으로 사랑을 실천할 수 있는 힘이 생겼다.

: 너를 만나지 못했다면

보기 드문 아침 식사다. 아침 식사를 하지 않아서가 아니다. 짜오찬런이 30분 일찍 출근하게 된 데다, 내가 겨울 내내 침대에서 게으름 피우는 바람에 아침 식사를 대부분 각자 챙겨 먹었다. 같이 먹더라도 대체로 간단하게 해결했다. 날씨가 따뜻해지며 조금 더 일찍 일어나도 괜찮을 것 같아 간만에 둘이 함께 아침을 먹게 되었다.

월요일에는 조금 늦게 일어나도 됐지만 고양이 소리에 깨고 말았다. 짜오찬런은 주방에서 아침을 준비했고 나는 고양이 밥을 주고 차를 끓였다. 그녀가 토마토를 썰고 치즈를 찢는 것을 보았다. 토마토치즈 토스트를 만드나 싶었는데 역시나 맞았군. 그녀는 이 머스터드가 별로 맛있지 않다고 했지만 내 입에는 충분히 맛있었다.

우리는 샐러드드레싱 같은 것은 잘 먹지 않는다. 올리브유나 소금을 조금 뿌리거나 가끔 레몬즙을 넣어 간단히 맛을 낸다. 오늘 샐러드에도 올리브유만 넣었을 뿐인데 맛있었다. 귤은 지난번에 병원에서 돌아오는 길에 샀다. 짜오찬런이 정성스레 껍질을 벗겨 한입에 먹기 좋게 반으로 잘랐다.

그녀는 차를 마시고 나는 친구가 우리에게 선물해준 말레이시아 마일로를 마셨다. 향이 유달리 진해서 맛이 확실히 달랐다.

"진짜 먹을 복 있다니까. 나를 못 만났으면 이런 아침은 못 먹었겠지?"

그녀가 말했다.

"맞아. 그냥 계란 토스트나 먹었겠지."

"그리고 우리 엄마가 해준 요리도 못 먹었을 거고."

"와, 나도 방금 그 말 하려고 했는데! 여보를 못 만났으면 시어머니도 없었을 테고. 나 진짜 먹을 복은 타고났다."

나는 새처럼 고개를 연신 끄덕이며 말했다.

그녀를 못 만났다면 어떻게 살고 있었을까? 뭐라 대답할 수 없는 질문이다. 중요한 것은 이미 만났고, 또 다시 만났고, 이런 행운은 계속되는 게 아닐 테니 내일은 침대에서 게으름 피우지 않는 게 좋겠어. 같이 아침 식사할 수 있는 시간을 소중히 여겨야지.

: 다시 연애를

날씨가 맑고 따뜻했다. 들뜬 마음으로 외투를 바꿔 입고 라켓을 들고서 방충망을 젖히고 나가는 그녀의 모습을 보니 마치 그녀를 처음 본 날 같았다. 내 마음속 영원한 소녀. 그 뒷모습은 늘 감탄을 자아낸다.

너를 자주 그리워했어. 단지 입 밖에 내지 않았을 뿐이야. 내가 집에 있을 때 얼마나 웃긴지 알아? 마음속 모든 서정적인 말이 마치 귀염둥이를 놀리는 것처럼 들려. 지금의 너를, 지난날의 너를, 그리고 앞으로의 너를 생각해보곤 해. 함께 걸어가야 할 미래를 생각해보면 우리는 항상 괜찮을 것 같아.

나는 우리가 이미 서로를 충분히 이해하고 있다고 생각했어. 이제 호흡은 잘 맞아서 많은 말이 필요하지 않아. 우리의 침묵을 안정이 가져다준 확신이라 여겼어. 정신이 없을 때나 어리둥절할 때, 유일하게 네 앞에서 안정감을 느낄 수 있었거든.

그렇지만 안정적인 사랑을 하며 나태해졌던 것 같아. 그렇게 정신없던 내가 사랑하는 사람에 대한 책임을 다하지 못했어. 당연시 여겼던 우리 약속을 말이야. 어떤 때에는 나만의 소설 세계에 갇혀 너를 외부로 배제시켰어. 늘 침착한 네가 하고 싶은 말이 있으면 능동적으로 입 밖에 꺼낸다고 생각했거든. 더 적극적으로 관심을 가져줘야 했는데, 보고 싶고 사랑하는 마음을 표현했어야 했는데 소홀히 여겨버렸네. 너와 대화를 많이 했다고 생각했는데 그저 혼잣말이었던 적이 많았어.

함께하는 생활은 꼭 필요하지만 또 한편으로는 이렇게 위험해. 사랑하는 사람 면전에 자신을 온전히 드러내게 됐지. 이 자연스러움, 이기심은 친밀하다는 증거지만 가끔 우리를 습관이라는 덫에 걸리게 하는 것 같아. 사랑은 보살핌과 돌봄을 필요로 한다는 것을 잊었어. 이 익숙함, 습관, 약속이 본성이라는 변명이 되어버렸네. 내 할 일을 묵묵히 하는 게 사랑에 대한 가장 좋은 선물이라 여겼는데.

나 같은 사람이 마음 편히 내 할 일을 하면 같이 사는 사람 입장에서는 악몽과 다름없겠지. 안정적인 사랑 관계 속에서 유유히 생활하면서 나는 일도 잘하고 집안일도 다 했고 고양이도 돌봤고 세심하게 너에게 마사지도 해줬으니까 잘하고 있다고 생각했어. 그런데 이 모든 건 앞뒤가 바뀐 거였어. 이런 일로 바쁠 때 네가 알았던 처음의 내 모습은 없었으니까. 그때의 나는 도대체 누굴까? 어떤 사람이었지? 잊어버린 것만 같아.

그때의 나는 생소한 관계에서만 존재하는 게 아닐까. 그 아름다운 모습은 낯선 사람 앞에서만 드러나는 게 아닐까. 나는 집에 돌아오면 청개구리로 변신해버리는 게 아닐까. 이러한 것들은 네가 나에게 종종 말했던 건데 냉정하게 스스로를 응시해보다가 문득 그 모든 게 진짜라는 것을 깨달았어. 너는 와이프를 얻었다고 생각했지만 집에 와서 보니 청개구리로 변해 있었지. 심지어 칠칠치 못한 청개구리라니. 분명히 괴로웠을 거야.

잔소리를 거듭하다 마지막에는 나를 용서해줬지. 나는 이제 게으른 청개구리로 계속 살 수 없어. 통짜 허리가 항아리가 되도록 내버려둘 수도 없어. 그 꼬질꼬질한 잠옷도 버릴 때가 됐다!

친애하는 짜오, 나는 청개구리에서 사람이 되도록 노력할 거야.

결혼, 동거 생활로 사랑하는 사람과 수년 동안 함께하고 있다면 나처럼 이렇게 소홀히 여기거나 나태해지지 말기를. 사랑은 무한정 복제할 수 없으며, 자연스레 성숙해지지도 않는다. 얼마나 많은 시간을 보냈든 온 마음을 다해 전념해야 한다. 사랑 속으로 돌아갈 것을 자신에게 수시로 일깨워주자.

: 드디어 이해하다

어머니가 치통으로 한 달 정도를 고생하셨다는 말을 들었다. 기운이 없어 혼자서만 지내려 하신대서 며칠 전 노파심에 집에 다녀왔다. 어머니는 역시나 많이 수척했고 말수도 적었다. 하지만 치아 상태가 많이 좋아져서 곧 틀니를 낄 거라고 하셨다.

이번 주에 아버지가 어머니를 데리고 일본 여행을 가신다. 노조에서 지원금이 나오긴 하지만 일인당 2만 위안 정도를 내야 한다고 했다. 당신의 돈으로 해외여행을 간다는 아버지의 말에 어안이 벙벙했다. 우리 집에서는 좀처럼 일어날 수 없는 일이었기 때문이다. 아버지는 어머니가 해외여행을 가본 적이 없다고 말씀하셨다. 나보다 절약 정신이 100배쯤 투철한 아버지한테 4만 위안의 여행 경비가 얼마나 피 같은 돈일지 가늠할 수 없었다. 그렇지만 별말씀 없으신 걸 보니 아버지도 흡족한 모양이었다. 엔화를 꽤 많이 환전해 아버지께 드리며 사고 싶은 거 잔뜩 사시라고 말했다.

본가 옆집에 사는 사촌 오빠와 사촌 올케언니가 점심을 준비해 들고 나와 모두가 야외에서 점심을 즐겼다. 올케언니는 퇴직 후 여기저기 여행 다닌 일을 이야기했고, 아버지도 작년에 어머니를 데리고 갔던 펑후 여행 이야기를 꺼내셨다. 어머니를 오토바이에 태워 섬을 돌기까지 했다고 했다. 어머니가 뱃멀미는 안 했는지 웃으며 물으니 하지 않았다고 대답하셨다. 올해 6월에는 뤼다오 패키지 여행을 간다며 아버지는 앞으로 기회가 될 때마다 어머니와 여행을 갈 거라는 계획을 밝히셨다.

4시가 조금 넘어 집을 떠나려는데 택시가 잡히지 않았다. 아버지가 트럭으로 펑위안까지 나를 데려다주셨다. 시간이 촉박해 한 번도 가본 적 없는 지름길로 달렸다. 그러고 보니 내가 독립을 한 이래로 아버지와 단둘이 차를 탄 건 처음이었다. 낡아빠진 트럭이었지만 막상 타보니 나름 안락했다. 우리는 제때 도착해 차를 탈 수 있었다.

심하게 아팠던 2009년이 불현듯 떠올랐다. 마침 집안에 우환이 든 데다가 손쓸 수 없는 각종 문제로 부모님은 근심 많은 나날을 보내셨다. 어머니가 마지못해 전화를 걸어 돈을 빌려달라고 하셨을 때는 지금껏 거절 못 했던 내가 처음으로 망설였다. 당시에 일을 할 수도, 글을 쓸 수도 없을 정도로 온몸이 아파 먹을 것을 사러 밖에 나가기도 어려운 지경이었기 때문이다. 한번은 어머니가 재차 전화를 걸어 3만 위안이 있느냐고 하셨다. 이미 상태가 심각해 오랜 시간 집에만 있던 때였다. 어렸을 때부터 어떤 번거로운 일이 생기든 가족에게 말하지 않고 몰래 스스로 해결하던 나였지만 그때는 가족에게 마음의 준비를 시켜야 할 것 같았다. 앞으로 돈을 얼마나 벌 수 있을지 확신할 수 없었으며 어떻게 먹고살아야 할지도 몰랐다. 나는 나직한 목소리로 말했다. 이상한 병에 걸려서 일을 못하고 있다고, 내일 돈을 보내드리겠지만 앞으로 어떻게 될지는 나도 모른다고.

어머니가 흐느끼는 소리가 들렸다. 나를 돌봐줄 사람은 있느냐 물어보셨다. 내가 뭐라고 대답했는지는 가물가물하다. 대충 알아서 하겠다고 했던 것 같다.

병에 익숙해지면서 다시 일을 시작했다. 여전히 지속적으로 집에 돈을 보내줬고 가족과는 여전히 소원했다. 짜오찬런과 결혼한 사실이 공개되고 나서야 관계가 점차 회복됐다. 집안의 부채도 말끔히 해결됐다. 빚을 청산한 후에 우리는 점점 정상적인 생활로 돌아갈 수 있었다. 가족 역시 나를 사랑한다는 사실을 차츰 체감하게 되었고 내가 단지 현금인출기 같은 존재가 아니라는 것을 느꼈다. 가정을 꾸린 뒤에야 어떻게 가족으로 돌아가야 하는지 이해하게 된 것이다.

병환으로 고생했을 때는 걸을 여력만 있으면 날마다 근처 초등학교 운동장을 뼁뼁 돌았던 게 기억난다. 우리 집에서 초등학교까지 가는 길목에 있는 투디土地 사당•을 지나치곤 했는데 매번 사당에 들어가 기도를 드렸다. 병이 낫기를 빌거나 다른 소원을 빈 적은 단 한 번도 없다. 그저 저에게 지혜를 주소서, 평화를 주소서, 스스로 병을 받아들일 수 있게 하소서, 연신 기도했다.

지혜를 주소서, 평화를 주소서, 내게 닥친 모든 일을 받아들일 수 있게 하소서. 우리 가족과 내가 사랑하는 사람을 보우하소서. 그들이 두렵지 않게 하소서.

지난 반평생 동안 고통 속에서 발버둥쳤다. 금전적인 압박 때문에 사랑하는 사람과 가까워지는 법을 몰랐다. 오로지 죽을힘을 다해 소설만 썼다. 비록 건강은 썩 좋지 않아졌지만 중년에 이르러서야 어떻게 사랑을 해야 하는지 이해하게 됐다. 아니면 줄곧 이렇게 해왔는데, 진작 마음을 쏟아 사랑해왔는데 자각하지 못했던 걸까. 그걸 사랑이라고 부른다는 걸 몰랐던 건 아닐까.

모두들 내 건강을 걱정해준다. 그러나 병에 걸리기 전의 나는 공허하고 비참하게 살았다. 몸은 건강했지만 사랑의 힘을 느끼지는 못했다. 지금의 나는 비록 육체적으로 병들었지만 사랑을 얻었다. 짜

• 타이완에는 그 마을 수호신인 투디공土地公을 모시는 사당이 곳곳에 존재한다.

오찬런이든 그녀의 가족이든 아니면 지금 내 글을 읽고 있는 당신이든 아는 사이, 모르는 사이 할 것 없이 그들이 나에게 보내준 지지와 따뜻한 마음이 지난 반평생 결핍됐던 사랑을 몇 배로 가득 채워준 것만 같다.

감사합니다, 모두들.

: 고요하게

휴일이었다. 우리는 푹 자고 일어나 함께 아침을 먹었다. 빵이 두 종류 있었다. 애플 구아바는 시어머니가 주신 것이다. 짜오찬런은 소금에 절인 방울토마토를 잘게 썰어 올리브유와 바질을 넣었다. '발사믹 식초를 넣을까?' 묻기에 일단 고개를 도리도리 저었다가 다시 고개를 끄덕였다. 나는 식탁에 앉아 한 스푼 먹고는 맛있다고 했다. 그녀는 시지 않냐고 물었다. 응, 안 시고 맛있어.

오후에 짜오찬런은 스쿼시를 하러 가고 나는 병원에 가서 피를 뽑았다. 각자 일을 본 뒤 집으로 돌아왔다. 집에 오는 길에 마트에 들러 야채를 샀다. 저녁에 수세미외를 볶아 먹자며 생강 사오는 걸 잊지 말라는 짜오찬런의 말을 기억했다. 냉장고에서 연어를 꺼내 해

동시켜둔 것을 보고 신이 났다. 오늘 드디어 집밥을 먹는구나.

야채와 미역을 넣어 국을 끓이다가 불을 끄고 소금과 시치미토가라시•를 약간 넣으니 맛이 담백해졌다. 시어머니가 주신 연어가 싱싱하고 기름졌다. 짜오찬런이 베란다에 가서 백리향을 좀 따오라고 했다. 크림을 약간 넣을까 물어봐서 나는 잠깐 고민하다가 그러자고 했다. 크림 조금에 백리향을 얹고 소금으로 간을 맞춘 다음 오븐에 구웠다. 수세미외에 생강채와 새우를 넣은 국까지. 아주 훈훈하군.

이 세상에서 제일 좋아하는 음식은 뭐니 뭐니 해도 짜오찬런이 만든 것이라고 단언할 수 있다. 바로 나를 위한 맞춤 요리.

"근데 나 진짜 뭐 한 게 없어. 그냥 야채를 데우고 생선 좀 구웠을 뿐이야."

"그냥 이렇게만 해도 맛있어."

신선한 식자재에 간단한 요리법. 그냥 이거면 돼. 이런 음식은 밖에서 절대 살 수 없다. 느긋한 휴일이 기대되는 건 바로 이 때문이다. 집밥을 먹을 수 있으니까.

예전에는 복잡하기 짝이 없는 많은 선택지가 눈앞에 놓여 있었다. 마음이 안정된 오늘에서야 소설이 점차 써지기 시작했다. 방향

• 고춧가루와 후추, 산초 등을 섞은 일본의 향신료

을 조금 틀긴 했지만 이 소설에는 그 자체의 생명력이 깃들어 있다. 진지하게 귀 기울여 듣는다면 그 목소리를 끄집어낼 수 있을 게 분명했다.

우여곡절을 지나 드디어 안정적인 생활로 돌아왔다.

우리의 고요한 생활.

: 같이 여행 가자

집에 온 지 며칠이 지났지만 어제 함께 식탁에 앉아 짜오찬런이 준비한 집밥을 먹고 나서야 진정으로 집에 돌아온 느낌이 들었다.

그녀가 주방에서 바삐 준비하는 동안 나는 방을 치웠다. 겨울 이불과 스웨터, 외투 등을 넣고 있는데 밥 먹으러 오라는 짜오찬런의 목소리가 들렸다. 황급히 주방으로 가 접시 나르는 것을 도왔다.

샐러드는 오후에 마트에 가서 사온 것이고, 소고기는 시어머니가 주신 것, 그리고 일본에서 사온 후박잎 된장구이가 있었다. 반찬 두 개에 국 하나를 놓은 단출한 밥상이었다. 우리는 밥을 먹으면서 많은 이야기를 했다. 여행하며 느낀 감상이라거나 최근 국내 뉴스라거나. 문득 떠오르는 시라카와고에서의 점심. 여행 중에 일주일간 먹은 메뉴와 여행하며 겪은 일들도 떠올랐다. 짜오찬린은 어떤 음식이 제일 맛있었는지 물었다. 사실 다 기가 막혔다. 제각각 독특한 느낌을 주는 다른 유의 맛이었다. 돌이켜 곱씹어보니 매끼가 죄다 인상 깊었다.

이번 여행에서는 배운 게 많았다. 이를테면 호텔 방이 너무 비좁아서 우리는 이튿날 사용할 옷과 세면도구를 꺼내놔야 했다. 번번이 짐을 뒤질 필요 없도록 자주 사용하는 물건은 큰 봉지 안에 넣었다. 마침내 내가 호텔 방 여기저기를 헤집어놓지 않게 된 것이다. 호텔을 몇 번이나 바꿨지만 짐을 싸는 게 조금도 번거롭지 않았다.

일주일의 여행에 옷이 그리 많이 필요하지 않다는 것도 알게 됐다. 두꺼운 상의 세 벌은 입지도 못했다. 다음 여행에서는 짐을 확실히 줄일 수 있겠다. 집으로 돌아온 뒤, 실은 일상 속에 쓸데없는 물건이 너무 많다는 것을 깨닫고 요 며칠 방을 정리하기 시작했다. 일본에서 생활하는 게 최고라고 생각했는데 막상 돌아와보니 우리 집도 제법 안락했다. 차분히 생활에 열중하다보면 일상 자체에서 즐거움과 의미를 느낄 수 있기 마련이다.

생선회를 먹는 즐거움을 또 한 번 느끼고 (병이 생긴 뒤로 생선회를 못 먹고 있었다) 목욕을 할 때의 포근함도 느꼈다. 짜오찬린과 먼 길을 걸어 다니는 것, 점원과 일본어로 말할 때 나오는 그녀의 수줍은 목소리가 좋았다. 그녀가 휴대전화로 지도를 보는 모습을 보고 있으면 타이베이에서 가볍게 여기저기 왔다갔다하는 것만 같았다. 여행 계획을 치밀하게 짜는 짜오찬런의 모습에 (그녀는 내가 너무 신중하다며 다음에는 계획을 더 잘 짤 수 있다고 했다) 그녀를 향한 사랑이 더 깊어졌다.

같이 여행을 가는 것은 연애를 다시 시작하는 일과 같다. 이제는 익숙해진 그를 처음 만난 느낌이 들기도 하고, 스스로를 성찰하기도 하며, 우리의 새로운 가능성을 발견하기도 한다.

이토록 아름다운 여행에 함께해줘서 고마워. 앞으로도 너에게 아름다움을 느끼게 해주는 사람이 될게.

: 반쪽

우리 고양이를 돌봐준 아디와 뉘뉘를 어젯밤 초대했다. 때마침 그저께 밥을 먹으러 시댁에 간 김에 시어머니께 각종 야채를 받아왔었다. 짜오찬런은 연어를 굽고 시어머니가 만든 마유지麻油雞•를 데웠다. 수세미외, 야채, (물론 시어머니가 손수 만든) 소시지를 볶으니 네 사람이 먹기에 안성맞춤이었다.

최근 몇 년간 출국할 때마다 친구 몇 명에게 우리 집에 들러 고양이를 돌봐줄 것을 부탁했다. 한때 싼화의 신장이 좋지 않아 하루에 네 번 밥을 먹이고 물을 챙겨줘야 했다. 그때 소녀 A에게 봐줄 것을

• 생강과 닭을 참기름과 술에 고아 끓여 먹는 탕

부탁했는데 싼화와 만터우 모두 그녀를 잘 따랐다. 나는 수술이 있을 때도 그녀에게 맡겼는데 나중에 그녀가 바빠지는 바람에 타이베이에 잘 오지 못하게 됐다. 짜오찬런의 친구 아디가 마침 타이베이에 올라와 일을 하게 되어 다행히도 후임을 바로 구할 수 있었다.

다소 내향적인 만터우만이 집에 남았다. 고양이를 돌봐주러 친구가 왔는데 연일 만터우의 그림자조차 보지 못했다. 아디와 친구가 집에 온 지 일주일쯤 됐을까. 마지막에서야 만터우는 친구들이 자신을 만지도록 가만히 있었다. 스스로 바닥에 뒹굴며 배를 까기도 했다. 아디와 눠눠 모두 나이는 어리지만 우리와 아주 절친한 관계다. 집을 잘 보살펴주는 덕에 안심하고 집을 맡길 수 있다.

우리는 꼭 가족처럼 식탁에 앉아 여러 일을 늘어놓았다. 외출을 잘 하지 않는 나와 짜오찬런은 친구도 가끔씩 볼 뿐이지만 얼마나 오랜만에 만났든 사이가 소원해지지 않는다. 하하 호호 떠들다보면 시간이 훌쩍 가버리곤 한다.

식탁은 집의 심장과 같다. 나는 이런 시간을 좋아한다. 모두가 둥그렇게 모여 앉아 밥을 먹고 차를 마시고 잡담을 하는, 단출하지만 맛있는 음식을 먹으며 솔직한 생각을 나누는, 그때그때 모임에 집중하는 순간 말이다.

사랑도 이래야 하겠지. 시시각각 의지할 필요는 없지만 매일 일정한 시간을 들여 상대에게 집중해야 한다. 이런 집중을 통해 진정으로 소통할 수 있다.

잠깐이면 된다. 사랑하는 사람, 친척, 친구, 연인과 서로에게 집중하자. 성심껏 듣고 말하며 이해하고 함께하면 이 세계가 평화롭게 변할 것이다. 마음속 깊숙한 곳에서부터 나온 목소리로 보고 듣는 법을 이해하게 된다. 이해는 깊어지고 우리 관계는 한층 더 두터워진다.

이 아름다운 반쪽을 소중히 여기자.

: 출구

어제 요가 수업을 듣는데 선생님이 많이 좋아졌다고 칭찬을 해주셨다. 요가 수업에 처음 왔을 무렵에는 약해 보여 마음이 쓰였는데 1년이 넘으니 많은 동작을 따라할 수 있게 돼 기쁘다며 옷도 한 벌 선물로 주셨다.

나의 요가 역사는 실로 파란만장하다. 처음 요가를 시작한 때는 2008년. 반년 동안 요가에 한껏 몰입했는데 병이 나고 말았다. 손바닥이나 손목, 발이 문제였다. 관절이 아파와 결국 요가 수업을 그만두는 수밖에 없었다.

요가에서 손을 놓은 지 몇 년이나 흘렀다. 헬스장을 등록한 2014년까지 갔으니 말이다. 그곳에서 다시 단체 요가 수업에 참여

했다. 한 선생님 수업이 마음에 들어 꼬박 1년이 넘도록 비바람을 뚫고 다녔다. 감기에 걸려도 수업 한 번 빠지지 않았다(마스크를 쓰고 수업을 듣자니 꼴이 우스워 보였지만). 하지만 2015년 말에 연이은 건강 검진과 수술로 또 그만두게 되었다.

2016년 말 수술이 끝난 직후, 2017년 4월에 다시 요가를 해보자 결심한 이래로 지금까지 변함없이 해오고 있다. 유연성이 부족하고 근력도 없었지만 쭉 요가 수업을 수강했다.

건강이 안 좋던 무렵에는 내가 앞으로 많은 일을 하지 못할 것이라 여겼다. 가장 심각했던 때가 기억난다. 나는 학교 운동장을 뺑뺑 돌다가 달리기를 하는 젊은 사람들을 보았다. 그들끼리 아프리카 여행 이야기를 하는 걸 듣고는 내심 시기심이 솟구쳤다. 다들 뭐든지 자유롭게 하는 것 같은데 나는 수건 하나 짤 수 없다니. 한동안 미래를 꿈꿀 수 없던 나였다. 갈수록 쇠약하고 무능해져 작은 방 안에 갇혀 영영 아무 일도 못 한 채 자유 없이 살 수밖에 없을 것 같았다.

당시에 걸을 만할 때면 가급적 시장에서 장을 봐와 담백한 요리를 하려 노력했다. 하루는 자주 가는 야채 가게에서 앞을 보지 못하는 사람을 만나게 되었다. 처음에는 그가 시각장애인인지 몰랐다. 그는 선글라스를 끼고 야채를 고르면서 사장님과 낄낄대며 잡담을 하고 있었다. 그가 가고 난 뒤, 그분은 앞을 볼 수 없는데 매일 야채를 사러 온다고 사장님이 말해줬다.

"실명한 사람도 요리할 수 있어요?"

나는 화들짝 놀라 물었다.

"나도 예전에 신기해서 물어봤는데 할 수 있다더라고. 손바닥으로 온도를 느끼고 코로 냄새를 맡는대. 음식이 익는 냄새가 난다고 하던데?"

고개를 돌려, 조심스레 신호를 기다리고 있는 그의 모습을 바라봤다. 그는 몇 가지 안 되는 야채가 든 장바구니를 손에 쥐고 있었다. 아마 혼자 사는 거겠지. 냄비에 가까이 붙어 손바닥으로 온도를 느끼고 음식이 익었는지 안 익었는지 냄새를 맡는 그의 모습을 상상했다.

아마 그때부터였을 거다. 사람은 결국 자신만의 출구를 찾아낸다고 점차 믿게 됐다. 반드시 내 염원대로 되지는 않을지라도, 마음처럼 되지 않은, 원하지 않았던 길에서 출구를 찾아낼 수 있다. 전에는 생각지 못한 자신의 모습을 볼 수도 있다. 본인에게 그렇게 많은 가능성이 있다는 것에 놀랄 것이다. 상상했던 모습과 완전히 다를지라도 말이다.

비록 여전히 각종 질환에 시달리고 있지만 그래도 올바른 방법만 익히면 제대로 요가를 할 수 있다. 요가 수련이 확실히 체질을 개선시켰고 단단한 근육이 약한 근력을 받쳐주는 덕에 오래된 허리 통증, 손목굴증후군, 오십견이 모두 좋아졌다. 요점은 이렇게 운동을 하며 신체 시스템을 잘 이해하게 됐다는 것이다. 머리만 단련해 지식과 기술만 쌓지 말고 자신의 몸을 소중하게 여기며 신체를 잘 단련해야 한다는 것을 깨달았다. 몸과 마음은 상호적인 관계다. 서로 영향을 미치고 있다. 필요한 순간, 혹은 시시각각 상호 도움을 주며 영향을 주고받는다.

슬럼프는 있게 마련이다. 좌절을 마주하거나 어찌 보아도 끝이 보이지 않는 어둠의 시기가 있다. 다른 사람에게 이해받지 못할 고독이 있다. 아무리 애써도 미래에 호전될 기미가 보이지 않는 것들이 존재한다. 내일은 더 좋아질 거라고 막연히 말하려는 게 아니다. 지금의 형편없는 처지가 사실은 삶에서 좋은 부분을 내포하고 있기도 하다는 것을 말하고 싶다. 이 곤경을 어떻게 마주해야 할지 모를 때는 단련, 시련, 고통, 악몽이 괴로움만 주는 것은 아니라고 생각해보자. 이러한 것들이 나에게 무엇을 가져다줄지, 좋을지 나쁠지는 오롯이 나 자신의 몫이다.

: 이상적인 휴일

짜오찬런이 쉬는 날 우리는 고양이 울음소리에 잠에서 깼다. 짜오찬런은 나가서 아침을 먹지 않겠냐고 제안했다. 좋지. 오토바이를 타고 토스트 전문점에 도착했다. 아침 겸 점심을 거하게 먹었다.

저녁에 가오숑 친구가 우리 집에 신세를 지러 오기로 했다. 냉장고를 든든하게 채우기 위해 마트에 들러 야채와 과일을 이것저것 샀다. 짜오찬런이 살사 소스를 만들겠다고 해서, 다시 빙 돌아 근처 청과 가게에서 피망과 레몬을 샀다.

이제 각자 일을 볼 차례였다. 나는 정리한 파일을 가지고 집 근처 인쇄소에 들러 제본을 한 뒤 우체국에 가서 부쳤다. 장편 소설 원고 절반을 드디어 탈고하다니. 기쁨에 겨워 크게 소리 지르고 싶은 심정이었다. 물론 진짜로 하지는 않았지만.

당분간 한숨 돌릴 수 있겠어.

“빵이 부족한데 좀 만드는 게 나을까?”

짜오찬런이 물었다.

“물론이지.”

그녀가 주방에서 반죽을 만드는 동안, 나는 다시 마트와 편의점과 시장을 분주히 돌아다니며 몇 가지 절차를 밟고 잡일을 처리했다. 집에 돌아오니 짜오찬런이 베란다에 심은 고수를 사용하면 안 될 것 같다고 하여 나는 다시 시장으로 발걸음을 돌려 고수를 사왔다. 집에 돌아오고 나서야 양파를 사오라고 보낸 그녀의 메시지를 확인했다. 괜찮아. 한 번 더 갔다 오지 뭐. 어차피 오늘 아직 만 보도 못 걸었거든.

집에 도착해 단편 글을 하나 썼다. 짜오찬런은 빵을 만들기 시작했다.

반죽이 발효되기를 기다리며 그녀는 커피를 내렸다. 우리는 여유롭게 커피를 마시고 간식을 조금 먹었다. 잠시 후 그녀는 다시 주방으로 들어갔다.

나는 방 정리나 하자 싶어 잘 마른 옷가지를 차곡차곡 개고 옷 한 무더기를 세탁했다. 손님방 침대 위 이불도 잘 정돈하고 바닥도 쓸었다.

빵은 오븐 속에서 고소한 냄새를 풍기며 구워지고 있었다. 집안 일을 끝내고 나니 독서나 할까 하고 기쁜 마음으로 소설을 펼쳤다.

해 질 무렵 빵이 완성되었다. 한 줄 한 줄 가지런히도 놓여 있구나. 첫 번째로 나온 판은 귀엽게도 향신료 맛 빵이었다. 두 번째로 완성된 판에서는 첨가한 마늘 때문에 짙은 향이 그윽했다.

"내일이 빨리 왔으면 좋겠다. 그럼 빵을 먹을 수 있을 거 아냐."

어느새 짜오찬런은 빵과 저녁을 다 만들었다.

저녁에 쌀밥을 조금만 먹는 나는 냄비를 꽉 채운 야채와 살짝 데운 고기 편육을 먹는 단출한 식단을 가장 좋아한다. 고구마가 들어간 쌀밥이라 밥도 조금 먹었다.

빵은 거실에 있는 티 테이블 위에 놓았다. 고소한 냄새가 물씬 풍겼다. 우리가 저녁을 먹는 동안 만터우는 호기심이 발동한 듯 테이블 위에 올라가 냄새를 킁킁 맡았다.

짜오찬런은 저녁 식사를 마치고 바닥을 쓸고 주방을 한 번 더 정리했다. 모든 게 준비 완료.

"빵 진짜 귀엽다."

"먹고 싶어!"

우리는 식탁에 마주 앉아 내일 아침으로 뭘 먹을지 고민했다.

일하는 날보다 더 바쁜 듯한 날이었지만 정말 알찬 하루였다.

이상적인 휴일이었어. 오늘 하루도 잘 보냈습니다.

: 다시 태어난 소녀 A

짜오찬런이 우리 친구인 소녀 A를 위해 특별히 아침을 진수성찬으로 준비했다. 1년 만에 우리 집에 손님으로 발걸음한 그녀가 눈에 띄게 건강해지고 예뻐졌다는 느낌을 받았다. 나긋나긋하고 자유분방해진 느낌이랄까.

그녀와 알고 지낸 지 수년이 지났지만, 우리가 가까워진 것은 각자 상황이 좋지 않았던 2013년쯤이었다. 그해 겨울, 나는 병원에서 수술을 받았고 그녀는 마침 애정 전선에 문제가 생겼다. 대수술이었기 때문에 수술 후 돌봐줄 사람이 필요했던 나는 그녀에게 타이베이에 와서 간병해줄 것을 부탁했다. 그녀는 의연히 승낙했다. 당시 그녀는 심각한 우울증에 시달리고 있었다. 자신의 상태가 좋지 않음에도 책임감이 강한 그녀는 불면증이 있든 울적하든 절망스럽든 매일 아침 알람을 맞추고 일어나 내 아침을 준비해줬다. 병원에서 수술실을 벗어난 뒤 나는 사흘 정도 심각한 불면증으로 고생했다. 약해질 대로 약해진 상태였지만 나 역시 매일 그녀의 심리적인 동요를 다독여주고 속속들이 귀 기울여 들어주곤 했다. 수술 부위가 아무리 아파도 하루 종일 그녀 옆에 있어주고 그녀와 이야기 나눴다.

우리 모두 상태가 최악이었으나 서로 잘 보살펴준 덕분에, 또 강한 책임감 덕분에 그 책임과 사랑으로 난관을 같이 이겨냈다.

이후 몇 년 동안 그녀의 오락가락하던 감정과 내 건강에 문제가 몇 번 더 생겼다.

우리는 성장 배경이 비슷했다. 집안의 경제적인 부담을 오래 짊어진 통에 서로의 고통을 이해할 수 있었다. 그녀보다 나이가 많은 나는 더 일찍 감정의 미로에서 빠져나왔다. 그래서 사랑에서 받은 상처로 삶의 상처가 도지고, 이 때문에 심각한 우울함과 정신적 고통에 빠진 그녀가 십분 이해됐다. 비록 쌍둥이자리와 처녀자리였지만 각고의 노력으로 자신과 같은 그런 유의 사람을 도와주려 했다. 나는 여태껏 그렇게 노력하는 환자를 본 적이 없다. 그녀는 상황이 나쁠지언정 열심히 진찰을 받고 약을 먹으며 계속 심리 상담을 받았다. 삶의 궁지에 몰린 그녀의 몸 안에는 마치 두 명이 존재하는 것만 같았다. 상처받은 한 명과 완쾌하려 애쓰는 또 다른 한 명. 병으로 고생한 지 2년 차였을 거다. 그녀는 요가를 시작했고 나 역시 운동을 시작했다.

옆에 마음 붙일 사람이 있는지와 관계없이, 병을 인지하고 있는지는 몹시 중요하다. 더 중요한 것은 낫고자 하는 의지를 어떻게 발동시키느냐다. 최악의 순간에 그녀는 오직 그녀 자신뿐이었다. 우리는 먼 곳에 있어서 시시때때로 보살펴줄 수 없었다. 몇십 년에 걸쳐 받은 과거의 상처에 사랑의 상처가 더해져 모두 폭발해버려 삶이 산산조각 나고, 가슴이 무너져 내린 사람은 자신조차 이해할 수 없는 행동을 하기도 한다. 다른 사람이 이해 못할 것들 말이다. 아무리 친한 친구일지라도 인내심을 잃을지 모른다. 운 좋게도 어떻게 함께해주고 도와줘야 하는지 아는 사람이 옆에 있지 않고서는 스스로에게 의지하는 수밖에 없다.

나는 그녀와 여러 번에 걸쳐 긴 대화를 나눠왔다. 때로는 나도 녹초가 되곤 했지만 그녀는 노력 중이었고 회복하는 데 아마 몇 년은 걸릴 것을 알고 있었다. 친구로서 해줄 수 있는 일은 그녀를 지지해주고, 필요할 때 우리 집에 오게 하는 것이었다.

몇 년이 흘렀다. 아주 지난했던 치료와 회복 과정이었다. 그러나 그녀는 해냈다. 끝없이 반복해오던 관계를 정리하고 본래의 생활을 되찾았다. 지금껏 받은 상처의 원인을 조금씩 찾아내고 차츰차츰 자신으로 돌아왔다. 그녀는 혼자 떠난 여행에서 여러모로 깨달음을 얻었다. 날이 갈수록 건강해지고 강인해졌다. 내면에서부터 자신 있고 굳센 모습으로 변했다. 변화된 그녀의 모습을 볼 때마다 감격스러웠다.

슬럼프에 빠졌을 때, 중요한 관계를 상실했을 때, 삶이 곤경에 처했을 때, 절망을 느껴 내 손으로 모든 것을 끊어내고 싶을 수 있다. 발붙이고 있는 유일한 자리를 부수어버리고 싶고, 파멸로서 고통을 끝내버리고 싶고, 아무런 것도 고려하지 않고 자신을 추락시키고 싶을 수도 있다.

하지만 이토록 제멋대로 구는 와중에도 살고자 하는 의지가 미약하게라도 남아 있다면, 반드시 원래 자신의 모습으로 돌아갈 수 있다. 스스로를 구제할 수 있다.

나는 건강해지고 성숙해진 그녀가 자유롭게 이곳저곳 여행 다니고 다른 사람에게 도움의 손길을 건네는 것을 지금까지 지켜보았다. 친구에게 따뜻한 눈길을 주는 그녀를 볼 때면 그녀가 절망했던 시절의 그 정신없고 어지럽던 모습이 떠오른다. 거센 바람을 헤치고 오토바이를 몰아서 타이중의 절반을 가로질러 병원에 다녔던 그 모습이 떠오른다. 그녀는 매번 진지하게 자신의 생각, 감정, 고민을 적어두었다. 의사 선생님이 해주신 말을 한 마디도 빠짐없이 기록했다. 그녀가 몇 번이고 삶을 포기하려던 그 경계에서 어떻게 기어 나왔는지, 밤이 깊어지면 흘리던 눈물이 떠오른다.

자신에게 한 번만 더 기회를 주자. 다시 한 번, 또 한 번, 얼마나 절망스러운 상황에 처했든 마음이 하는 나약한 소리를, 구해달라는 목소리를 들어야 한다. 스스로를 구해줄 가치가 있음을 기억하자. 이 모든 것을 작동시킬 수 있는 이는 나 자신뿐이다. 구원해주자.

한바탕의 연애로 한 사람이 무너져 내릴 수도, 또다시 태어날 수도 있다. 모든 것은 본인의 손에 달려 있다. 어떤 시련이 닥쳐와도, 얼마나 먼 길이든지 한 걸음씩 나아가며 조금씩 바꿔보자.

나는 이렇게 스스로를 구해낸 이를 본 적이 있다.

: 축복

날씨가 더워지자마자 머리를 짧게 잘랐다. 시장에 있는 작은 미용실에서 200위안을 주고 잘랐다. 그냥 시원해지고 싶었을 뿐이었는데 집에 오니 짜오찬런이 자지러지게 웃었다.

"개한테 갉아먹힌 거 같은 헤어스타일인데? 안 어울려."

상관없어. 요상한 헤어스타일로 한번 잘 지내보지 뭐. 어차피 집에만 있거나 요가 수업 아니면 집 근처 시장에 가는 게 다인걸. 온종일 소설을 쓰고 요가를 하고 축구 경기만 보니까 누굴 마주칠 일도 없고.

어제 짜오찬런이 못 견디겠다는 듯 내일 머리를 자른 뒤 영화를 보자고 했다.

물론 좋지.

그래서 밸런타인데이나 생일보다 더 기념일을 보내는 것처럼 성대한 하루를 보내게 됐다. 우리 모두가 잘 따르는 미용사 J 선생님에게 내 머리를 맡겼다. 충실한 고객이 아닌 나는 종종 귀찮음을 이기지 못하고 집 근처에서 멋대로 머리를 자르곤 한다. 그러면서 또 친구들 머리 예약은 대신 해준다. 그는 지금껏 잔소리한 적도, 왜 다른 친구들 예약은 해주면서 정작 본인은 머리 하러 오지 않는지 물은 적도 없었다. 내가 이상한 머리를 하고서 찾아가면 그저 웃기만 할 뿐 이것저것 캐묻지 않는다.

오늘은 그를 보자마자 내 머리 좀 구제해달라고 외쳤다. 그는 웃으며 이미 머리를 왕창 잘라버려서 좀 어렵겠다고 했다. 나는 뒤통수를 만지작거렸다. 이거 원, 보이질 않으니 얼마나 고난이도일지 모르겠네.

"내가 매일 뒤통수 보면서 잘 때마다 얼마나 괴로웠는지 몰랐지?"

짜오찬런은 웃으며 말했다.

나는 J에게 머리를 변신시켜달라고 했다.

머리를 자르고 나니 정말로 머리에 볼륨이 생긴 것 같았다. 신기하네. 뒤통수를 만져보니 울퉁불퉁했던 것도 없어졌다. 여전히 몹시 짧았지만 J는 두 달쯤 지나면 많이 좋아질 거라고 했다.

짜오찬런과 나는 같이 점심을 먹고 영화를 본 다음, 맛있는 빵을 한 아름 샀다. 야채와 먹을거리도 조금 산 뒤 집으로 향하는 차에 올라탔다.

집에 도착한 후에야 비가 대차게 쏟아졌다.

"우리 여보, 또 너무 귀여워져버렸네. 다시는 이상한 데 가서 머리 자르면 안 된다!"

짜오찬런이 내 머리를 쓰다듬으며 말했다.

나는 고개를 끄덕이며 알겠다고 했다.

이런 날이 있다. 기념일은 아니지만 축복을 받은 것만 같은 날.

: 평화롭고 조화로운 동거 상태

한동안 정신없이 바쁘다가 모처럼 이틀간 집에서 쉬었다. 어제는 짜오찬런이 삼시세끼를 해줬다. 요즘 매일 아침으로 샐러드를 먹곤 했다. 시어머니가 외삼촌 집에서 가져온 리치를 짜오찬런은 정성스레 껍질을 벗겨 샐러드에 넣었다. 달달하니 샐러드가 더욱 맛있어져서 리치를 안 좋아하던 나조차 게 눈 감추듯 먹고 말았다.

시어머니가 집에서 직접 재배한 부추는 연하고 싱싱했다. 짜오찬런은 부추를 잘게 썰어 당근, 계란, 건새우, 밀가루, 고구마 가루를 넣어서 신선함이 듬뿍 담긴 부추전을 만들었다. 부추를 먹으면 소화가 잘 안 되지 않을까 걱정했지만 (원래 부추를 잘 못 먹는다) 막상 부치니 맛이 좋아서 점심으로 먹었다. 저녁에는 친구가 보내준 호박을 먹었다. 짜오찬런은 다른 야채와 섞어서 찌개를 끓였다. 우리는 반찬과 찌개를 먹으며 윔블던 선수권 대회를 봤다. 셰수웨이가 훌륭한 경기를 펼쳐 우리도 덩달아 유쾌한 주말을 보냈다.

우리는 평소에 각자 바쁘게 일과 운동을 하기 때문에 늘 여유 없이 일정이 꽉 차 있다. 한 주가 눈 깜빡할 사이에 휙 지나가버리는 것 같다. 토요일은 여유롭게 집에서 보낸다. 각자 책을 읽거나 함께 운동 경기를 관람한다. 어디에도 가고 싶지 않다. 집이 가장 안락한 공간이므로.

외부 세계에 어떤 격동이 있든 우리 집은 언제나 고요하다. 집에 들어오자마자 평온함이 느껴진다. 짜오찬런이 집에 없을 때는 점심과 저녁을 간단히 해먹는다. 소설을 쓰다가 지치면 집 안을 정리한다. 사용한 물건은 제자리에 두고 필요 없는 물건은 과감히 버린다. 옷을 빨아 널고, 로봇 청소기로 바닥을 청소하며 집안일을 한다. 우리는 각자 맡고 있는 역할이 있다. 짜오찬런은 중대한 결정을 담당하고 나는 일상생활을 영위하는 것이 주 업무다. 우리는 집에 돌아오는 순간이나 집에서 보내는 시간을 기쁜 일로 받아들이도록 함께 집을 잘 관리해왔다. 단조롭고 아름다운 물건으로 집 안 곳곳을 꾸며두었다. 밖에서 받은 공격과 시련 같은 것을 집에 돌아오면 죄다 내려놓을 수 있게, 자신을 고요히 다독일 수 있게 말이다.

집의 의미는 이런 게 아닐까. 항구 같은 안전함과 평온함이 중요하다. 가족의 힘도 여기에 있다. 함께 풍파를 이겨내며 평정심을 찾아준다.

몇 년 전만 하더라도 이토록 평화롭고 조화로운 동거 상태를 유지할 수 있을 거라 상상하지 못했다. 우리는 너무나 다른 사람이기 때문이다. 하지만 하루하루 부단한 노력을 통해 영향을 주고받으면서 서로를 바꿨다. 누구 한 명의 생활 방식을 따르는 것이 아니다. 지금의 생활 패턴을 같이 모색해 만들어냈다.

고마운 사람이다. 그녀는 주변 환경을 정리하는 것의 중요성을 몸소 보여주며 나에게 깨우침을 줬다. 나의 자유 시간이나 독립적인 생활에 티끌만큼도 영향을 주지 않는, 그저 물건을 잘 정리하고 조금만 더 부지런해지면 그만인 것이었는데. 나는 여전히 나였다. 아마 업그레이드된 나일 테다. 주변 환경을 차곡차곡 정리한 뒤로 창작 활동과 생활이 더할 나위 없이 쾌적해졌다. 우리 둘이 부딪히는 일도 줄어들어 사이가 더 좋아졌다. 밖에서 고단하게 일하다가 집에 돌아오면 바로 긴장이 확 풀어졌다. 우리가 원하던 바였다. 일석이조랄까.

올해 연중 건강 검진도 무사히 마쳤으니, 연말에 한 번만 더 하면 된다. 매년 건강 검진을 하는 과정부터 그 결과를 기다리기까지 긴장의 끈을 놓을 수 없다. 그렇지만 이로 인해 눈앞에 있는 모든 것을 더욱 소중히 여기게 됐다. 다시는 삶을 낭비하거나 자신을 소모시키지 않는다. 매번 건강 검진을 통해 삶에서 어느 부분에 문제가 생겼고 어디를 바로잡아야 하는지 알 수 있다. 부디 바로잡아 고치기에 아직 늦지 않았기를 바란다.

연애에서든 일상생활에서든, 아니면 삶 그 자체에서든 이러한 작지만 지속적인 깨우침, 반성, 고쳐나가는 마음가짐과 부단한 노력이 진정으로 필요한 법이다.

: 나는 로맨틱하지 않아

칠월칠석 날 짜오찬런과 함께 운동하는 친구들이 모두 모여 식사를 했다. 밥을 막 먹고 나서 누군가가 오늘이 칠월칠석이라는 말을 꺼냈다. '해피 밸런타인데이!'• 일제히 웃으며 외쳤다. 친구들과 이렇게 같이 보내는 것도 참 즐거웠다.

전 여자 친구가 바람을 피웠을 때 왜 그랬는지 물어본 적이 있다(물어봤자 애초에 명확한 답을 듣지 못할 질문이다).

"너는 로맨틱이라곤 모르잖아!"

그녀는 이 한마디를 던졌다.

• 칠월칠석은 중화권의 밸런타인데이다.

당시 나는 몹시 화가 났다. 내가 로맨틱을 모른다고? (속으로 이런 말을 했다. 참 나, 나 소설 쓰는 사람이야. 내가 어떻게 모를 수 있단 말이지?)

그러나 그녀의 눈에 비친 나는 무심하기 짝이 없었던 것이다. 생일에 선물을 하긴 했지만 다른 기념일은 챙긴 적이 없고 평소에도 특별히 어떤 선물을 챙겨주지 않았다. 내 생일에 있었던 일도 또렷이 기억났다. 그날 나는 책을 빌리러 친구 집에 갔는데 별안간 비가 대차게 내리기 시작했다. 때마침 당시 여자 친구가 케이크를 들고 친구 집 앞에 짠 하고 나타났다. 그녀는 내가 전에 갖고 싶다고 했던 배낭까지 구해와 선물로 주었다. 이 모든 게 로맨틱한 깜짝 파티였으나 그 상황에서 나는 '집에서 나올 때 창문은 잘 잠갔는지' 물어보고 말았다. 그녀는 깜빡했다고 대답했다. 그날 밤은 가시방석이 따로 없었다. 기쁘기는커녕 빨리 집에 가고 싶을 따름이었다(예전에 폭우로 창가에 있던 책꽂이가 다 젖어버린 적이 있었단 말이다).

그녀는 내가 로맨틱하지 않았던 수많은 순간을 꼽았다. 나와 만나는 동안 외롭고 불만스러웠다며 그녀가 뭘 하든 나는 목석과 다름없었단다. 하지만 새로운 그녀는 별 뜻 없이 한 사소한 행동에도 감동해줬다나.

"너는 어떤 일에도 감동할 줄 모르는 사람이야."

말문이 막혀버렸다.

하지만 나는 분명 그녀에게 잘해줬다. 남들은 잘 모르는, 더 실질

적이고 어려운 일이었는데. 그 일들이 로맨틱이라 불리지 않을 뿐인데. 그녀가 잊은 게 분명했다.

그날 밤, 짜오찬런과 손을 잡고 집으로 걸어가며 물었다.

“나 진짜 로맨틱 같은 거 몰라서 어떡해?”

그녀는 어이없다는 듯 그저 웃기만 했다.

“칠월칠석 기념일 안 챙겨도 괜찮지?”

나는 재차 물었다.

“하루하루 잘 지내는 게 더 중요하지!”

나는 손을 꽉 잡았다. 나는 하루하루가 다 소중한 사람이지만 네가 기념일 챙기는 걸 좋아한다면 기꺼이 동참해줄 수 있는걸.

“우리 지금 이대로가 딱 좋아.”

그녀가 말했다.

하지만 그녀의 손을 잡은 채로 집으로 향하는 골목골목을 걸으며 실은 이런 생각이 들었다. 나의 모든 걸 너와 공유할 수 있어. 너는 평생을 지켜주고 싶은 사람이야. 이런 내 마음을 너도 다 알고 있겠지.

그녀를 힘껏 잡고 생각했다. 그 로맨틱인지 뭔지는 잘 모르지만, 그녀가 나를 이해하고 있다는 것쯤은 잘 알고 있다고.

천쉐식 로맨틱은 내 평생에 걸쳐 증명해 보이마.

: 서명 운동

짜오찬런은 매년 여름휴가를 한 달씩 받는다. 하지만 그 귀한 휴가 내내 나를 따라 이곳저곳 다니다보면 눈 깜짝할 새에 절반이 지나가 있곤 한다. 작가 사인회가 이제 막 시작됐다!

나와 짜오찬런의 관계는 연인이나 반려자, 가족이기도 했지만 일 파트너이기도 했다. 그녀의 일은 워낙 단순한 편이라 퇴근하면 끝인데 반해 내가 하는 일은 그에 비해 다소 복잡하다. 공들여 글을 쓰는 것 외에도 결정하고 처리하고 응대해야 할 일이 많다. 내 능력을 넘어서는 일이 많아서 컴퓨터 문서나 파일을 잘 못 다루는 나를 대신해 옛 연인들이 종종 많은 일을 처리해줬다. 하지만 짜오찬런에게 이쪽 방면의 일을 도와달라 하지는 않는다. 우리는 가급적 상대를 도구화하지 않으려 한다. 연인을 당연스레 자신의 보조로 삼지 않는다. 그 복잡하고 자질구레한 일은 가능하면 스스로 해결하려 노력하거나 친구 혹은 전적으로 도와줄 수 있는 사람을 찾아 맡긴다(물론 가끔 급할 때면 짜오찬런 역시 나를 도와준다). 그러나 사업적으로 여러 결정을 해야 할 때는 내 설명을 귀담아 듣고 냉정하게 분석해주는 그녀와 의논을 거친다. 충동적이고 순진한 쪽인 나에 비해 그녀는 신중하고 식견이 넓어 정곡을 찌르는 제안을 적절하게 해준다. 평소 생활할 때나 업무상 중대한 결정을 할 때면 우리는 같이 상의하고 의논한 뒤 결정을 내린다. 서로를 완전히 믿기에 좋은 일이든 나쁜 일이든 의지하고 고난을 함께할 상대로 여기고 있는 것이다.

지난 사랑은 '계속 함께할 수 있을지 모르는 불확실성'의 문제에 머물러 있던 탓에, 겉보기에는 용감히 사랑하는 것 같았지만 사실상 어떤 장기 계획 같은 건 없었다. 때문에 하루하루를 겨우 견디면서 맹목적으로 앞을 향해 달리기만 했다. 큰 불길에 휩싸인 것처럼 사랑의 마지막까지 태워버렸다.

우리가 이미 결혼했기 때문인지도 모르겠다. (비록 우리 결혼이 여전히 법적 인정을 받지는 못했지만) '서로의 미래에 속할 수 있을지 모르는 불확실한' 느낌이 수많은 동성애자 친구들의 연애를 가로막는 가장 큰 방해물이라는 것을 안다.

합법이든 아니든 우리는 상대를 인생의 동반자로 여기고 함께 살고 싶어한다. 우리는 일찍이 우리만의 약속을 정했다. 함께 더 멀리 나아가기 위해 소모적인 방식으로 사랑하지 않았다. 감정 소모를 하지 않았다. 조심스레 매일 조금씩 사랑을 키워나가고 쌓아왔다. 이러한 신중함 덕에 우리 관계가 정체되어 있지 않았다. 서로가 베푸는 것들을 당연시 여기지 않았다. 사이가 좋든 나쁘든 상대에게 일정한 거리를 남겨두었다. 지극히 사소해 보이는 작은 행동들이 감정을 상하게 할 수 있기 때문이다.

어떠한 방식이 더 좋은지는 모른다. 그렇지만 우리는 우리에게 적절한 방식을 찾아냈다. 서로를 만난 뒤로 삶이 점점 더 아름다워졌다. 신기한 일이다. 1 더하기 1이 2보다 크다는 것을 그를 통해 여실히 느꼈다. 스스로조차 몰랐던 모습으로 내가 성장할 수 있었다니. 우리는 둘을 합친 것보다 더 광활한 풍경을 만들어낼 수 있다. 말도 안 되는 불가사의한 곳에 다다를 수도 있다.

결혼 여부를 막론하고 일단 선택할 권리를 갖자. 이 선택지가 생긴다면 성소수자의 처지가 많이 개선될 것이다. 애정 문제의 고비를 어떻게 이겨내야 할지 모르는 절망적인 연인들에게 더 나아갈 희망이 생길 것이다.

서명해준 100만이 넘는 이들에게 감사 인사를 전하고 싶다. 사회 각계에 있는 친구들과 동성애자들의 지지에, 도와준 모든 친구의 사심 없는 노력에 고맙다. 그저 잠깐 동안 지하철역에 데스크를 준비했을 뿐인데 우리는 자원해준 많은 이의 용기를 뼈저리게 느꼈다. 우리 행사에 반감이나 불만을 표출하는 이들에게 어떻게 말해야 할지 몰라 고민할 때, 젊은 친구들이 끈기 있게 흔들림 없이 해명하고 설명하는 소리를 들었다. 그들은 두려운 기색 없이 더 많은 사람을 향해 성큼성큼 걸어갔다. 다른 생각을 가진 이와 소통하며 진심으로 노력하는 모습을, 적극적으로 사회와 대화하는 모습을 목도했다.

우리는 진심으로 감동했다.

다시금 모두에게 감사드린다.

: 사랑은 단지 좋아하는 감정이 아니야

지난주에 감기에 걸린 데다가 인테리어 공사 소음 등의 일로 괴로운 나날을 보냈다. 토요일 아침 출발 전까지 몸 상태가 쇠약해질 대로 쇠약해져 제대로 서 있기조차 버거웠다. 태풍 걱정까지 겹친 통에 짜오찬런도 지쳐 보였다.

타이중에 도착하니 2시 반쯤이었다. 날씨는 구름 한 점 없이 쾌청했고 우리는 아무 데도 가지 않고 호텔에서 쉬었다. 오는 길에 짜오찬런이 요즘 즐겨 듣는다는 노래를 들려줬다. 우리는 이어폰을 한 쪽씩 나눠 끼고 노래를 들었다. 호텔에서도 우리는 쭉 노래를 들었다. 한적한 오후였다. 그렇게 좋은 날씨에 호텔 안에 틀어박혀 여고생처럼 이 가수의 노래는 어떻고 목소리는 어떻고 창법은 또 어떤

지 보물을 발견한 듯 재잘댔다.

호텔에서 뤼위안다오청핀綠園道誠品까지 거리가 꽤 가까웠다. 비즈니스호텔은 작지만 더없이 깨끗했다. 저녁에 백화점에서 저녁을 먹고 뼁 돌아와 양치를 한 뒤 또 잠시 쉬었다. 거리를 둘러보지도 쇼핑을 하지도 않았다. 정말로 방 안에만 콕 박혀 있었다.

무대에 오르기 직전에야 짜오찬런이 자신도 강연을 해야 한다는 사실을 알게 됐다. 그러나 자신 있는 모양이었다. 같이 강연을 하는 게 오랜만이었다. 매일 집에서 대화를 하기는 하지만 무대 위에서 이야기하는 느낌은 사뭇 다르다. 함께한 지 이렇게 오래됐는데도 그녀가 강연하는 것을 들을 때마다 귀여운 부분을 발견하곤 한다.

둘째 날 가오슝에 도착했다. 역시나 날씨가 맑았다.

가오슝 좌담회에서는 고마운 친구 아주가 사회를 봤다. 분위기가 무겁지 않고 유쾌했다. 올해 타이난臺南에서는 행사가 없기 때문에 친구 여럿이 타이난에서 일부러 올라오기까지 했다. 감동이었다.

행사가 끝나고 친구 몇 명과 같이 사차훠궈沙茶火鍋를 먹으러 갔다. 몸 상태가 거의 돌아온 덕분에 즐거운 마음으로 배불리 먹은 뒤 다시 기차에 몸을 싣고 타이베이로 돌아왔다. 돌아오는 내내 우리는 눈을 감고 쉬었다. 아주 먼 곳에 다녀온 느낌이었다.

지하철역에서 나오며 조잘조잘 많은 이야기를 나눴다. 손을 잡고 공원을 따라 집으로 왔다. 먼 길을 다녀오니 참 좋았다. 함께한 지

9년 차인데도 이토록 이야기가 끊이지 않다니.

행사도 무사히 마쳤으니 머지않아 소설을 끝내야겠다.

“여보, 난 여전히 여보가 좋다.”

그녀가 말했다.

“나도.”

사랑은 단지 좋아하는 감정이 아니다. 그럼에도, 서로 사랑한 지 여러 해가 지났음에도 사랑 안에 좋아하는 감정을 여전히 품고 있다니, 이 얼마나 좋은 일인가.

: 악몽

어젯밤 악몽을 꿨다. 한 편의 공포 영화 같은 꿈이었다. 다행히도 화장실이 급해 깨어났다. 날이 밝았다. 짜오찬런과의 안식처에 가만히 있으니 무서운 마음이 말끔히 사라졌다. 안심한 채로 다시 침대에 누웠다. 악몽을 꿀 때마다 운 좋게 깨어나곤 한다.

조금 전에 짜오찬런이 난데없이 꿈을 꿨다고 했다(그녀가 꿈을 기억하는 일은 거의 없다). 그런데 꿈에서 깨어나 계속해서 안절부절못하는 게 아닌가.

대체 무슨 꿈을 꿨기에 이렇게 파랗게 질렸는지 물어봤다. 꿈에서 나와 함께 한 대학교에서 열린 어느 좌담회에 참가했는데 행사가 끝난 후 나가니 밖이 황량했다고 했다.

"여보가 화장실에 가고 싶다는 거야. 옆에 다른 친구도 있어서 나는 친구랑 있겠다고 하고 같이 안 갔어. 화장실이 멀리 있는 데다가 그 길이 마침 공사 중이었거든. 근데 오래 기다렸는데도 안 오더라고. 진짜 오래 기다렸는데. 너무 오래돼서 슬슬 걱정이 되기 시작했어. 빨리 가서 너를 찾고 싶었지. 그러던 참에 화들짝 깼어. 아, 꿈이었구나. 너는 내 옆에서 쿨쿨 자고 있더라고. 한숨 내려놓긴 했는데 이상하게 또 좀 걱정이 되는 거 있지. 그 꿈이 너를 데려가버리면 어떻게 하지? 꿈속으로 되돌아가서 너를 찾아오고 싶어. 나 진짜 걱정된단 말이야."

여기까지 말하다가 그녀의 눈시울이 붉어졌다. 아직 꿈속에서 빠져나오지 못해 내가 사라져버릴까 걱정에 사로잡힌 듯했다.

"침대에 누워 있는데, 한편으로는 네가 사라지지 않아 안심하면서 한편으로는 또 꿈속에서 여보를 잃어버린 게 아닌가 걱정이 되더라고. 진짜 이상한 느낌이었어."

그녀가 말을 이어갔고 나는 다가가 그녀를 안아줬다.

아무 말도 하지 않았다. 그녀가 이렇게 말할 때면 가슴이 철렁하곤 한다. 나의 꿈과 대조적으로, 처리되지 않은 많은 아픔이 삶 속에 존재하기에 어떻게든 처리해버리고 싶어 노력 중이다. 하지만 지금껏 이리 강렬히 느낀 적은 없었다. 이토록 사랑받고 있다는 확신을 말이다. 조금 전 그녀의 이야기를 들으며 마음속에서 한 줄기 눈물이 흘렀다. 반드시 잘 살아내야만 한다. 미래가 어떨지는 모르지만, 지금 처한 절망적인 상황에서 빠져나올 수도 있다. 그리고 마침내 한 사람을 만나 애틋한 사랑을 받을지도 모른다. 꿈속에서조차 당신을 위해 마음을 쓸 정도로.

사랑받을 자격이 없는 사람은 없다. 세 번 읊조려보자.

: 고향으로 돌아가 투표하다

그해, 우리의 결혼식은 화롄 해변에 위치한 작은 펜션에서 증인이 되어준 친구 두 명의 도움으로 치를 수 있었다.

그날 밤 식이 끝난 뒤 해변에서 폭죽을 흔들던 눈부신 그 순간을 우리는 영원히 잊지 못할 것이다. 우리는 찬란하게 반짝이는 불꽃을 쥐고 어린아이처럼 정신없이 흔들었다. 잠시 후 숙소로 돌아와 펜션 사장님 내외와 손님으로 온 한 가족과 함께 거실에서 차를 마시며 이야기를 나눴다. 흥분이 채 가시지 않았고 그들에게 말해주고 싶었다. '우리 지금 결혼했어요!'

하지만 말을 꺼내지 않았다. 우리는 서로 잘 자라는 인사만 건넨 뒤 방으로 돌아왔다.

아름답기가 마치 한바탕의 꿈만 같았던 소박한 결혼식이 정말로 꿈처럼 어느새 현실이 되었는지 모르겠다.

오늘 다시 그 흐릿한 결혼식 사진을 보게 됐다. 어두컴컴한 방 안 조명 때문에 뭔가 다급해 보이게 나왔다. 사진 속 우리, 참 젊어 보인다. 병원에 입원해 수술을 받고 치료받는 나날이 닥칠 줄은 몰랐겠지. 우리가 대차게 싸울 줄도 몰랐을 거고, 그 고지식했던 내가 이리 부드러워질 줄은 더욱 몰랐겠지. 먼 훗날 우리가 사인회를 숱하게 열고 커플의 신분으로 그렇게 많디많은 독자들과 친구들을 만날 줄은 몰랐을 테다.

그러나 9년 동안 우리는 당시 결혼할 때 했던 맹세대로 병에 걸리든 주머니가 얄팍해지든 고통스럽든 슬프든 한결같이 상대를 지켜주고 곁에 있어주며 동고동락했다. 우리 결혼이 법적인 보장은 받지 못했을지라도 그 무엇보다 견고했다.

짜오찬런은 어릴 때부터 남자아이처럼 생겼었다. 또래 친구들에게 놀림을 받은 것은 이 때문이었다. 훗날 그녀를 놀렸던 남학생을 우연히 만났을 때, 그 친구가 당시의 일을 기억하고 있었다고 했다. 마음이 넓은 짜오찬런은 그를 탓하지 않았다. 은연중 미안해하는 그의 마음이 느껴졌다고 했다.

그런 시대였다. 나와 짜오찬런은 동성애가 금기시되고 비밀에 부쳐지던 시대에 살았다. 친구나 가족에게 말할 수 없었다. 우리가 젊었던 시절에는 칠흑 같은 어둠 속에서 사고하고 길을 찾았다. 이게 어찌 된 일인지 조금씩 이해하려 애썼다. 동성을 사랑하다니, 앞으로 어떻게 해야 하지?

20여 년이 지났다. 타이완 성소수자 운동에 참여해 만난 친구들, 이를 위해 노력하던 이들은 여전히 아등바등 애쓰고 있다. 많은 이가 나와 마찬가지로 머리가 하얗게 새도록 힘썼다. 젊은 세대 친구들의 동참으로 작년에는 몇십만 명이 우르르 거리로 나서기도 했다. 가까스로 헌법재판소의 위헌 심사까지 왔다. 동성결혼 법제화의 길까지 몇 걸음 남지 않은 느낌이었다.

그런데 지금 예기치 않게 국민투표안의 반격으로 인해 훨씬 더 격렬하고도 공포스러운 반대 세력을 마주하고 있다.

최근 2년 동안 성소수자와 동성결혼 법제화를 지지하는 친구들이 이미 몇 번이나 가두에 나섰는지 모르겠다. 동성결혼을 위해, 성평등 교육을 위해, 모두가 입이 마르도록 목청껏 외쳤다. 모두가 계속해서 노력 중이다. 반대하는 단체들과 각 지역에서 논쟁하며 국민투표 안건을 제대로 이해하지 못한 이들을 최선을 다해 설득하고 있다. 날마다 채팅 방에서 논전을 벌이는 이들도 많다. 모욕적인 말로 다시 상처를 받는 사람 역시 많다.

하지만 우리는 포기하지 않겠다.

이 모든 것은 우리가 지켜낼 만한 가치가 있기에. 다시는 짜오찬런처럼 자신의 성적 특질 때문에 괴롭힘을 받는 아이가 없도록, 다시는 장미 소년 예융즈葉永鋕•와 같은 희생이 없도록, 누구나 안심하고 진정한 자신으로 거듭날 수 있기를, 안심하고 자랄 수 있는 환경이 조성될 수 있기를 바란다. 우리는 모두가 평등하다고 배웠다. 결혼을 선택하고, 가정을 이루는 것은 누구나 향유해야 할 권리임이 마땅하다.

내일, 우리 모두 고향으로 돌아가 투표하자. 제10안, 11안, 12안 반대. 제14안, 15안 찬성.••

• 타이완의 성평등 교육을 바꾼 도화선이 된 인물이다. 예융즈는 '외모는 남자답지 못하고, 성별 규범에 맞지 않는 행동을 한다는 이유'로 교내에서 괴롭힘을 당해 쉬는 시간에 화장실을 갈 수 없었다. 쉬는 시간을 피해 화장실에 가곤 했던 예융즈는 2000년 4월 20일 쉬는 시간이 시작되기 직전 화장실에 갔다가 쓰러진 채로 발견되어 병원으로 이송되었지만 숨지고 말았다. 이 사건은 타이완 사회에 성평등 교육 문제에 불을 붙였고, 2004년 '양성평등교육법'을 '성별평등교육법'으로 개정하게 만들었다. 타이완에서는 그를 '장미 소년'이라 부른다.

•• 2018년 11월 24일 타이완에서 지방선거와 국민투표가 동시에 실시되었다. 서명 운동을 거쳐 총 10개의 안건이 국민투표에 상정되었는데 그중 동성애와 동성결혼에 관련된 안은 5개로 다음과 같다.

- 제10안: 민법의 결혼 규정을 1남 1녀의 결합으로 제한하는 것에 찬성하십니까?
- 제11안: 국민교육단계(초중등)에서 교육부와 각 학교가 성교육 및 교육법 시행세칙에서 동성애 교육을 하지 않는 것에 찬성하십니까?
- 제12안: 민법의 결혼 규정 외 기타 형태로 동성 2인의 영구적인 공동 생활 권익을 보장하는 것에 찬성하십니까?
- 제14안: 민법으로 동성 2인의 혼인 관계를 보장해주는 것에 찬성하십니까?
- 제15안: '성평등교육법'으로 국민 교육 단계별로 성평등 교육을 실시하고 그 내용에 감정 교육, 성교육, 동성애 교육 등을 포함시키는 것에 찬성하십니까?

타이완 국민투표법 제4장 제29항에 따르면 유효 찬성표 수가 반대표 수를 넘어야 하며, 유효 찬성표 수가 총투표권자 수의 4분의 1 이상이 되어야만 안이 통과된다(현행 2019년 6월 21일 개정 기준).

국민투표 결과 제10안, 제11안, 제12안은 통과되었으며 제14안, 제15안은 부결되었다.

나의 머리가 하얗게 새기 전에, 우리가 진짜로 결혼할 수 있었으면.

사랑이 결실을 맺는 가정을 이룰 수 있었으면.

: 국민투표의 밤

울어도 돼. 그래도 절망하지는 말자.

슬퍼해도 돼. 그래도 포기하지는 말자.

생각 말자. 우리를 지지하지 않는 그들을.

두려워 말자. 그 차별이 어디에나 도사리고 있는 것을.

기꺼이 한두 시간을 기다려 찬성표를 던져 지지해준 사람들을 생각하자.

이건 처음부터 불공평한 게임이었지만

우리는 패배하지 않는다.

왜냐면 우리는 전례 없이 큰 응원과 격려의 소리, 전폭적 지지를 불러일으켰으니까.

우리에게는 헌법재판소 위헌 심사의 보장도 남아 있어.

서로 끌어안고 자신을 위로해. 이 아름다운 마음을 지켜내. 오늘 밤을 이겨내, 앞으로도 노력해.

아직 갈 길이 멀어.

우리는 아름다운 전쟁을 치렀지.

우리는 절대 후회하지도 의지를 상실하지도 않아.

우리 사랑은 단 한 번의 국민투표로 변하지 않아.

힘내자!

: 누군가 너를 사랑해

우리 같이 잘 살게 해주세요! 같이 살아남아 세상을 바꾸자!

네티즌이 연신 메시지를 보내왔다. 국민투표 결과가 좋지 않아 세상을 등지겠다는 성소수자가 각지에 계속 있으니 이를 위해 목소리를 내달라는 내용이었다. 진위 여부는 알 도리가 없지만 부디 진짜가 아니기를, 이를 막기에 아직 늦지 않았기를 바랐다. 할 말이 있다. 모두 이 말을 널리 전해주길 바란다.

동성애자는 누구의 허락을 통해 동성애자로 살게 되는 것이 아니다. 우리는 본연의 타고난 모습을 택한 것이다. 이 선택을 위해 노력했고, 대가를 치렀다. 그 대가는 컸지만 가치 있었다. 세계 각지에 있는 성소수자 선배들의 노력 덕분에 처지는 많이 개선되었다. 먼

옛날에는 동성애 그 자체가 죄였다. 심지어 처벌도 받았다(현재까지 자행되고 있는 곳도 있다). 몇십 년 전만 해도 미국에서는 성별에 맞는 옷 세 벌을 걸치지 않으면 마음대로 감옥에 가두고 함부로 구타할 수 있었다. 20여 년 전의 창더제常德街 사건, 몰래카메라 사건, 10여 년 전 예융즈의 희생. 모두 근래의 일이다. 예전에 신문과 잡지에서 다룬 성소수자 사건은 자살이 아니면 살인 같은 부정적인 내용뿐이었다. 하지만 이제 우리는 수십만 명이 거리로 나서고 수백만 명이 투표를 한다. 비록 악의에 찬 목소리가 빗발치더라도 우리는 고개를 당당히 들고 가슴을 활짝 편 채로 태양 아래서 나는 동성애자라고 공표할 수 있다. 우리는 합법적으로 결혼을 할 것이라고, 전 세계 사람에게 들릴 만큼 고래고래 외쳤다. 작년 우리는 헌법재판소의 위헌 심사까지 쟁취해냈다. 과거에는 상상 못했던 일이 일어났다. 확실히 우리는 더 나은 세상에 살고 있다. 예로부터 지금까지 세계 각지에 있는 성소수자의 노력이 헛수고는 아니다.

그동안 국민투표안을 쟁취하기 위해 처음 커밍아웃을 하게 된 친구도 많았다. 그 과정 속에서 단맛 쓴맛을 다 보았다. 좌절을 맛봤을지라도 커밍아웃은 궁극적으로 당신에게 기회를 가져다줄 것이다. 단지 증명하는 데 시간이 들 뿐이다. 전력을 다해 주변인에게 커밍아웃을 하고 고백을 하고 표를 끌어온 이들이 많다. 미처 몰랐던 사실도 있었다. 실은 우리가 성소수자임을 진작 알고 있었던 이들도 있었다. 감동적인 의리였다. 설득의 과정을 거치긴 했지만 일부의 지지를 얻기도 했고, 또 몇몇 반대 세력도 있었다. 악의 없이 토론하고 팽팽히 맞서기도 했다. 이러한 모든 것이 좋은 소통이었다. 끝까지 합의점에 도달하지 못하더라도 최소한 자신을 위해 전심전력을 다 해봤으니 말이다.

이 기간 내내 각종 흑색선전, 숙덕거림, 유언비어와 심지어는 신문과 텔레비전에서 서슴지 않고 한 거짓말 때문에 많은 이가 상처를 받았다. 옆에 있는 가족이 거짓 소문에 대해 늘어놓을 때 많은 친구가 괴로워했다. 바로 앞에서 제지하지 못해서, 커밍아웃하지 못해서 고통스러웠더라도 자책하지 말자. 마음이 아플지라도 자신을 탓하지는 말자. 오랜 여정 속 그저 한때일 뿐이므로. 이러한 일로 당신의 가치를 논하기엔 충분치 않다. 어제는 인생의 많은 날 중 하루였을 뿐, 국민투표는 많은 일 중 하나였을 뿐이다. 악의적인 말은 확실히 존재했지만 그 다른 존재를 부정할 수는 없다. 무려 300만 명•이 우리의 권익을 위해 찬성표를 찍어줬다. 300만이라니, 예전에는 상상조차 못한 숫자가 아닌가. 그중 많은 이는 동성애자가 아니다. 그럼에도 우리 편에 함께 서줬다. 선량한 목소리, 따뜻한 지지, 그들이 우리에게 실어준 힘은 분명히 존재했다. 부디 어제의 좌절 때문에

• 국민투표에서 제14안은 338만 2286표, 제15안은 350만 7665표의 찬성표를 얻었다.

시대가 역행했다고, 미개한 세상으로 돌아갔다고 생각하지 말기를 바란다. 우리가 어떤 세상에서 살아갈지는 우리 자신만이 결정할 수 있다. 그들은 우리를 반대하고 유언비어를 퍼트리고 우리의 이름을 더럽힐 수 있다. 악의적인 말들로 우리에게 상처를 입힐 수 있다. 하지만 우리가 굳건해진다면, 미약한 빛만 보일지라도 미약한 빛도 없을지라도 우리는 맨주먹으로 그 어둠을 뚫고 빛을 들이자. 마치 과거의 암흑시대에서 기다시피 전진하며 평등권을 쟁취하기 위해 노력해온 사람들처럼 말이다.

당신이 지쳤음을, 상처받았음을, 절망했음을, 가슴이 무너졌음을 안다. 하지만 동성애자인 우리는 이러한 것들을 진즉 짊어지고 있었다. 하지만 그것들은 우리를 두렵게 하고 굴복시킬 수 없다. 커밍아웃과 주변 사람의 지지 여부를 막론하고 나의 삶 속에 뜨거운 피가 생생히 흐르고 있다. 이는 우리의 천성이다. 진실된 목소리가 바로 우리 심장 안에서 쿵쿵 뛰고 있다. 내가 실존한다는 것을 그 누구도 부정할 수 없음을 우리는 알고 있다. 살아남자. 그래야만 희망이 우리와 함께한다.

각개 단체와 자원해준 이들의 노력에 감사 인사를 드리고 싶다. 밤낮으로 고생하며 목청을 높여줬다. 도처에서 갖가지 방식으로 몇십 년 동안 노력해주었다. 그분들은 포기하지도, 넘어지지도, 뜻을 잃지도 않았다. 모두에게 온유한 외침을, 따스한 위로를 건넸다. 끝없이 방법을 강구하며 지금까지 그래왔듯 앞으로도 계속해나갈 것이다. 우리는 외로움을 모른다. 우리를 위해 칠흑 속에서 길을 개척해준 선배들이 있기에. 외롭지 않을 뿐 아니라 용감해지지 않을 수 없다. 우리보다 젊은 친구를 위하여, 막 태어난 생명을 위하여, 걸음마를 배우고 있는 아이를 위하여, 학교에서 두려움에 떨고 있는 학생을 위하여, 지금까지 노력해왔고 앞으로도 노력해나가겠다.

어쩌면 성소수자로서 뭐가 그렇게 힘드냐 물어볼 수도 있다. 한 사람으로서 제대로 거듭나고 싶다면 존엄성을 갖추고, 자신을 위한 결정을 내릴 줄 아는 사람이 되어야만 한다. 그 결정을 감당할 용기를 지녀야 한다. 이 얼마나 자랑스러운 힘듦인가. 세상의 어둠이나 악의를 두려워하기는커녕 악의로 가득 찬 캄캄한 세상에 더 많은 빛을 가져와 우리보다 나약한 이들을 비춰줄 각오가 되어 있다.

우리는 지지 않았다. 후퇴하지 않았다. 사라지지 않았다. 우리를 지지하는 표가 3분의 1이나 나왔다니. 동성애자가 소수임에도 300만 표나 나왔는데 우리가 어떻게 졌다고 할 수 있는가?

하지만 진정으로 아름다운 미래에는 아직 도달하지 못했다. 여전히 많은 사람이 고통과 상처에 노출돼 있다. 당신이 그중 한 명일지도 모른다. 내가 당신을 직접 안아줄 수 없으니 스스로를 안아보자. 스스로를 꽉 안아주자. 우리를 위해 몸소 나서준 이들을 똑똑히 기억하며, 그 따사로운 얼굴을, 간절한 목소리를 떠올리며. 목소리를 내본 적 없던 그들이 이번에는 목소리를 내준 것이다. 추악한 얼굴은 생각하지 말고 이렇게 따뜻한 사람들을 생각하자. 그들은 진실로 존재하며 앞으로도 사라지지 않을 것이다.

슬픔, 고통, 절망, 분노는 찰나의 것. 어떤 세상이 펼쳐지더라도 그들 마음대로 정하게 두지 말자. 우리 미래는 스스로 결정한다. 얼마나 많은 노력을 더 쏟아야 하든 상관없다. 우리는 애쓰고 또 애쓸 거니까.

약속 하나 하자. 우리 같이 잘 살아나가자. 누군가 너를 사랑해. 누군가 너를 사랑해. 누군가 너를 사랑해.

누군가 너를 사랑하고 있어.

절대로 포기하지 마.

: 글 쓰는 일

정신없이 바쁜 나날을 보냈다. 좋은 일도 나쁜 일도 있었다. 몸 상태와 기분이 오락가락했다. 하루는 새벽에 깼는데 지금 쓰고 있던 장편 소설의 키포인트가 문득 떠올랐다(잠을 자면서까지 소설 내용을 생각하고 있다니 대체 웃어야 되나 울어야 되나). 컨디션이 좀 괜찮은 날에는 꼬박 며칠을 글 쓰는 데에 몰두했다. 이 책은 거의 2년간 붙잡고 있었다. 몇 번이나 고쳤는지 모르겠다. 연말이 다가오니 드디어 출구에서 새어나온 한 줄기 빛이 보이는 듯했다. 고치기를 수십 번, 누가 어느 판본의 인물인지 나조차 분간이 안 됐다. 그런데 드디어 짜임새가 하나하나 뚜렷해졌다. 인물들의 성격이나 일생이 얼추 뚜렷하게 그 윤곽을 드러냈다. 이번에는 진짜 다 쓸 수 있을 것 같아,

이대로 써내려가다보면 나 진짜로 끝낼 수 있을 것 같아, 홍분을 감추지 못한 채 짜오찬런에게 말했다. 그녀는 내가 지금 무슨 말을 하는지 모를 터였지만 나의 말뜻을 완전히 알아챈 모양이었다. 결말까지 꽤 많이 남았지만, 뭐.

장편 소설을 이 정도로 쓰다보면 실제 생활 속까지 침투하고 만다. 짜오찬런 말고도 그 인물들이 주위를 떠돌아다니며 매일을 함께 한다. 삶은 극도로 단조로워진다. 아침을 먹고 난 뒤 쭉 글을 쓰고 점심으로는 먼 곳까지 가서 채식을 하고 오후 3시까지 다시 글을 쓰다가 쉬곤 한다. 쉬는 동안 세탁기를 돌리고 청소하고 쓰레기를 버리는 등 집안일을 한다. 책을 읽고 텔레비전 드라마를 보다가 짜오찬런이 퇴근하면 저녁을 먹는다.

요가 시간을 약간 늦춘 뒤로는 5시경까지 글을 쓴다. 다른 일정은 변함없다.

소설을 끝낼 때까지 이대로 공들일 수 있었으면.

하지만 매달 며칠은 병원에 시간을 내줘야 한다. 며칠 동안 아무것도 못 하고 누워서 쉬기 일쑤다. 그럴 때는 그저 아픔이 빨리 지나가기를 가만히 기다린다. 충분히 휴식을 취하다보면 반복적인 일상이 새로 시작된다. 참는 수밖에 없다. 모두 내려놓고 참자.

자주 아픈 나를 돌봐주며, 또 대부분의 시간을 소설에만 몰두하는 나에게 짜오찬런은 가끔 핀잔을 주기도 한다.

"껍데기만 있고 영혼은 없구만."

아니면 놀리듯 웃으며 이렇게 말할 때도 있다.

"지금 멍 때리는 것 좀 봐봐. 또 소설 생각 중인 거 다 안다."

이상하다. 나는 분명 그녀의 품속에 잠자코 있었는데 말이다. 낮에 머리를 너무 혹사시키는 바람에 그녀가 퇴근할 때면 나는 대개 멍한 상태다. 무슨 생각을 하긴 했는데, 글쎄, 잘 모르겠다.

그럼에도 그녀는 나를 위해 아침을 거하게 차려준다. 내가 몸이 안 좋을 때는 나를 놀려서 웃지도 울지도 못하게 한다. 내 정신을 다른 데로 돌리는 것이다. 내가 가장 좋아하는 날은, 일에서 손을 뗀 순간 마침 그녀도 쉬고 있고 다른 볼일이 없을 때다. 우리는 여유롭게 산책도 하고 장도 보고 저녁을 차려 먹는다.

머리를 하러 가는 김에 백화점 마트에서 장을 조금 봤다. 사흘 연속 짜오찬런은 샌드위치 안에 맛있는 크림, 치즈, 햄을 넣어줬다. 이렇게 맛난 빵과 재료는 매일 있는 게 아니니까 소중히 먹어야 해. 남은 마지막 빵 한 조각을 오늘 다 먹어버렸다. 햄도 끝이다.

새로 산 올리브유가 무척 맛있다. 예전에는 절대 살 수 없었을 최고급이다. 막상 먹어보니 이렇게 좋은 올리브유가 있었다니 앞으로 자신을 조금 더 잘 챙겨야겠다, 싶었다. 몸이 튼튼해질 게 분명해, 적어도 기분은 좋아졌으니까. 샐러드에 오렌지, 방울토마토, 포도, 상추와 맛이 끝내주는 오일을 넣으니 그 맛이 한데 잘 어우러졌다.

접시 위에 마지막 남은 오일 한 방울까지 손가락으로 찍어 먹었다.

늘 보살펴주는 여보, 고마워.

묵묵히 나의 행복을 빌어주는 친구들아, 고마워.

: 2018 안녕

올해의 마지막 날도 여느 때처럼 집에서 보냈다. 친구가 준 가지 각색의 야채, 시어머니가 주신 고등어와 손수 만드신 크로켓으로 저녁 밥상이 물씬 풍성해졌다. 짜오찬런이 크로켓(시어머니의 크로켓은 그야말로 세계 최고다)과 고등어를 튀겼다(이왕 기름을 이렇게 많이 쓴 거, 고등어도 튀겨 먹자며). 갓과 베이비콘은 닭고기 전골에 넣어 끓이고, 살사 소스, 구운 새송이버섯, 그리고 프링글스도 있었다. 오늘 저녁 메뉴는 하나같이 맛있었다. 그러나 가장 놀라웠던 건 짜오찬런의 말대로 살사 소스에 찍어 먹은 프링글스였다. 그녀가 살사 소스에 찍어준 걸 먹어봤는데 와, 이렇게 맛있을 수가. 따로 먹으려고 한쪽에 치워둔 스위트콘, 새송이버섯, 마늘크림소스를 감자칩에 올려 나에게 건넸다. 전혀 짐작도 못 했는데 넙죽 받아먹고 나니 절로 감탄이 나왔다. 어쩜 이렇게 맛있지! 전혀 생각지 못했다(나는 원래 마늘가루를 안 먹는다).

분위기에 맞춰 와인을 조금 마셨다. 최근에 몇 번 마셔봤는데 양이 적어서인지 아무 일 없었다. 꽤나 맛있게 느껴졌다.

「블랙 미러」 새 시즌까지 본다면 더 안성맞춤이겠지. 그녀가 알려주고 나서야 작년 마지막 날 밤에도 함께 「블랙 미러」를 봤던 일이 기억났다. 매년 마지막 날 연례행사로 삼아도 재미있겠군.

2018년은 한마디로 설명하기 힘든 한 해였다. 연초부터 동생의 딸이 태어났다. 내 일생일대에 두 번째로 맞이한 쌍둥이였다(11월에 친한 레즈비언 커플의 딸이 태어났다). 새 생명의 등장으로 삶이 든든해졌다. 또 생명의 고귀함과 험난함을 느끼게 됐다. 두 아이가 조금씩 자라는 모습을 보는 일은 묘하기 그지없었다.

2018년 내내 장편 소설과 사투를 벌였다. 중간에 산문집을 내고 사인회를 여러 번 열며 여행을 몇 번 한 것 외에 말이다(와, 막상 세어 보니 정말 많은 곳에 다녔구나).

그 외의 시간에는 머리를 싸매고 있었다. 봄부터 겨울이 되도록 끊임없이 글을 고쳐 쓰며 무수히 많은 비전이 탄생했다. 수십 번 읽기를 거듭하며 6~7만 자를 지워버리고 마침내 계속 써나갈 최종 버전을 확정했다. 이번 책은 꾸준히 써내려가다보면 완성할 수 있을 것 같았다.

나에게 유난히 슬픈 겨울이었다. 친구가 세상을 떠났고, 줄곧 건강했던 금연, 금주를 해온 아버지가 12월 초에 편도선 암 중기라는 사실을 알게 됐다. 온 가족이 당혹스러움을 감추지 못했다. 나는 지금까지도 이 일을 감당하기 벅차다. 다행히도 아버지는 초연히 긍정적인 태도를 보이셨다. 어쩌면 우리 집에서 가장 평정심을 잃지 않은 듯했다. 벌써 약물 치료를 받기 시작했으니 이제는 아버지가 치료를 잘 받으실 수 있도록 잘 보살펴드리는 일만 남았다. 내가 더 침착하고 이성적이었다면 우리 가족이 이 난관을 잘 헤쳐나갈 수 있을 텐데.

2019년에는 좋은 소식이 있었으면 좋겠다. 진심으로 희소식이 간절하다.

하지만 좋은 소식을 기대하기보다는 곁에 있는 내 사랑들을 애지중지하는 게 훨씬 중요하다는 것을 안다. 건강하자. 시간을 소중히 여기자. 자신을 과도하게 혹사시키지 말며, 어떤 처지에 처해 있든 아낌없이 사랑을 주자. 글도 열심히 써야지.

짜오찬런, 다시 한번 고맙다고 말할게. 곁에 있는 친구들, 한 해 동안 새로 만난 수많은 친구들도 모두 고마워요. 2018년에 감동적인 순간이 많았네요. 이 지면에 일일이 감사 인사를 드릴 수는 없지만 마음속에 다 기록해놨어요. 제게 베푼 아름다움에 감사드립니다. 힘겨웠던 그 숱한 나날을 이겨낼 수 있도록 도와줬지요.

2019년에는 모두가 행복이 넘치고 무탈하기를 바라요.

여러분, 사랑합니다.

매 순간을 소중히 여깁시다.

: 2019 시작

부모님 문안 차 지난주에 본가에 다녀왔다. 모처럼 온 가족이 한데 모였다. 올케와 새로 태어난 아기까지 식구가 두 명이 늘었다.

아버지는 두 번째 약물 치료를 마치고 부작용 때문인지 조금 말라 보였다. 가벼운 당뇨병까지 치료받는 중이라 저녁마다 어머니와 함께 근처 공원에 운동하러 가신다고 했다. 아버지는 여태 손을 떼지 못했던 일을 건강 문제로 드디어 내려놓으셨다. 아버지 인생에서 가장 한가로운 나날이 이어졌다. 아버지께 몸조심하셔야 된다고 하니, 알겠다며 나도 쉬엄쉬엄 몸을 잘 챙기라고 하셨다.

그러고 보니 내 성실함이며 워커홀릭 기질이며 심지어 강박증까지 모두 아버지를 닮은 거였다. 여태껏 금연, 금주를 하며 철두철미하게 자기 관리를 해온 그였다. 암에 걸린 일에 대해 조금도 좌절하거나 원망하지 않았다. 의연하게 받아들이고 부지런히 운동하며 생활 패턴을 조금 바꿀 뿐이었다. 이 역시 내가 닮은 구석이었다. 아버지의 모습이 나한테 뭐 이리도 많이 묻어 있담. 어쩌면 이게 나를 성실한 소설가로 만들어준, 내가 물려받은 가장 귀중한 특질이 아닐까.

타이베이로 돌아오니 맞은편 빌딩에 공사가 시작됐다. 매일 오전 8시면 시작되는 공사 소리에 귀청이 찢어지는 것 같았다. 짜오찬런이 동생에게 인터넷으로 찾아달라 부탁한 노트북이 어제 아침 배달되었다. 짜오찬런은 내가 못할까 싶었는지 차근차근 알려주며 노트북 설정을 도와줬다. 정말 오랜만에 사용하는 노트북이었다. 요즘엔 노트북을 얇고 가볍게도 만든다. 예쁘기까지 하다니.

어젯밤 노트북으로 글을 한번 써봤다. 음, 꽤 괜찮았다. 앞으로 밖이 시끄러우면 노트북을 들고 나가서 글을 써야겠다. 늘상 집에서만 글을 쓰던 나였지만 이내 적응될 것 같았다. 노트북만 있으면 주변이 너무 시끄럽지 않은 이상 어디에서든 글을 쓸 수 있지.

2019년에 접어들었다. 공사 때문에 날마다 8시면 눈이 떠져 저녁에도 일찌감치 잠자리에 들었다. 이 기회에 워라벨도 맞춰졌으니 예상외의 수확인 셈이다. 8시에 기상하니 하루 목표치였던 1000자를 12시쯤 달성하게 되는 장점도 있었다. 오후에 좀 더 쓸 수도 있었다.

박차를 가해, 지금 하반부를 쓰고 있는 소설을 더욱 꽉 채울 수 있었으면 좋겠다.

올해 상반기 건강 검진 결과 아무 이상이 없어 한시름 덜었다. 이어서 7월에 재검을 받아야 한다. 매년 상반기와 하반기에 각각 한 번씩 건강 검진을 받는 일이 생활의 일부가 됐다. 이를 핑계로 너무 무리하지 말자, 편하게 살자, 편안하게 글을 쓰자 다짐하곤 한다.

밤 11시 무렵에 우리는 책을 들고 침대로 올라갔다. 취침 시간이 제각각이었던 우리에게 사뭇 보기 드문 광경이었다. 이제 같이 침대에 누워 시간을 보내다가, '잘 자' 하고 불을 끌 수 있게 됐다. 고양이도 이불 속에 몸을 웅크리고 새근새근 잠들었다.

짜오찬런이 오후에 열중하여 노트북을 만져주던 모습이 떠올랐다. 그녀는 사소한 점을 세심하게 일깨워주곤 한다. 나를 진정으로 이해하고 있는 사람만이 알 수 있는 점을 말이다. 감동을 주는 사람이다. 나의 허당 같은 면 때문에 골치 아파하기도 하지만 그녀는 조련사처럼 종종 나를 간곡히 타이른다. 사랑의 도덕 수업을 잘하고 있는 듯했다. 엉망진창으로 살던 내가 지금은 방 정리도 말끔하게 하고 집 안 구석구석 깨끗이 청소하니 말이다. 이런 것들이 중요치 않다 생각했었는데 지금은 깨끗하게 광나는 곳에서만 제대로 살 수 있게 됐으니.

2019년에도 잘 부탁드립니다.

: 도서관에서의 여정

새 노트북도 장만했는데 밖에서 하던 공사가 멈춰버렸다. 집 안이 다시 고요해졌다. 그래도 이왕 돈을 썼으니 가지고 나가 원고 한 번 써봐야지.

어제 점심을 먹은 뒤 노트북을 들고 도서관으로 향했다.

먼저 자습실로 갔는데 만석이었다. 젊은 사람으로 가득 차 자리 하나 없었다. 별수 없이 열람실로 가 자리를 잡고 앉아 책장에서 책 두 권을 꺼냈다. 난생처음으로 도서관에서 글을 써보는 거였다. 노트북을 열고 타닥타닥 자판을 두드렸다. 늘 타자 소리가 크다고 하던 짜오찬런 말이 생각나 조금 부드럽게 쳤다. 도서관은 조용하니 가볍게 치는 게 맞을 터였다.

어느새 두 시간이 흘러 있었다. 글자들이 모여 단편 하나가 완성되었다. 키보드를 하나하나 두드려 글을 완성했다. 6년 남짓 걸린 작품이었다.

잇달아 장편을 쓰기 시작했다. 자판을 치는 느낌이 퍽 좋아 계속 써내려갈 수 있을 것 같았다.

눈이 피로해진 통에 몸을 일으켜 어슬렁어슬렁 걸었다. 도서관에는 온갖 전문적인 서적이 있었다. 예전이었으면 절대 펼쳐보지 않았을 책인데 작품에 필요해서인지 이제는 책만 보면 관심이 가 형법에 관한 책까지 들여다봤다.

문득 도서관이 장편 소설을 쓰기에 제격이라는 생각이 들었다. 공간도 크고 조용한 데다가 다양한 사람도 볼 수 있으니 말이다. 게다가 필요한 자료는 모두 준비되어 있었고 지칠 때는 밖에 나가 바람 좀 쐬면 되고. 가져온 디카페인 차를 다 마시면 따뜻한 물을 마시면 되겠다.

3시 반에 일을 끝낸 후 이어서 책을 읽었다. 조너선 스펜스의 『신의 아들 홍수전과 태평천국』을 골라 읽었는데 무척 재미있어서 참지 못하고 필사까지 했다. 도서관 좌석의 조명이 마음에 들었다. 책걸상 각도도 딱 적당했으며 여기저기를 둘러봐도 공부 중인 사람뿐이었다. 이런 분위기에서 글을 쓰고 책을 보니 마음이 안정됐다.

5시에 노트북을 둘러메고 책을 정리한 다음 저녁 식사를 위해 나왔다. 집에 돌아오니 아직 6시가 안 된 시간이었다. 오늘 하루 동안 일을 평소의 세 배나 했다.

저녁이 되자 짜오찬런에게 연신 도서관 찬사를 내뱉었다. 그곳에서 글 쓰는 게 얼마나 좋은지 몰라, 돈도 아끼고, 조용하고, 내가 필요한 건 다 준비돼 있다니까. 마치 도서관 홍보 대사가 된 듯했다.

"새로운 곳이라 그럴지도 몰라."

"아니거든. 진짜 최고였다니까. 이곳저곳 다른 도서관에 돌아다니면서 글 쓰고 싶어."

이렇게 도서관에서 글을 쓰는 일이 있다면 참 좋을 텐데. 내가 홍보 대사가 돼줄 수 있다고, 정말로!

"여보가 도서관에서 글을 쓰는 사람이 될 줄이야."

그러게 말이야. 나는 사람 많은 곳은 질색이었는데. 나는 우리 집에서만 글이 써지는 사람인 줄로만 알았는데 도서관에 도착하자마자 그렇게 집중이 잘될 줄은 미처 몰랐다.

"노트북에 인터넷 연결을 안 해서 다른 데에 한눈 안 팔아서 그런가."

그녀가 말했다.

이 말도 일리가 있다. 내 노트북은 글을 쓸 수만 있어서 페이스북이니 라인이니 아무것도 설치할 수 없다. 드라마를 볼 방도가 없다. 하물며 고양이도 없고.

어제 도서관에서 필사를 할 때 일부러 글자를 한 획 한 획 느리게 썼다. 이렇게 천천히 글자를 쓰니 손이 아프지 않았기 때문이다.

저녁에 집에 돌아와 계속해서 필사를 했다. 학생이 된 것만 같았다(학생일 때 도서관에 간 적은 없지만).

오늘 날씨가 맑았다. 도서관에 가려 했으나 오후 3시에 쓰레기를 내다버려야 했고 저녁에는 나갈 일이 있어서 고민했다. 내일이나 모레 가는 게 좋겠어. 하루 이틀 안 간다고 도서관이 사라지는 것도 아니고.

아, 위치 때문이 아니었구나. 장편 소설이 한창 순조롭게 써져서였지. 드디어 답을 찾았다. 일이 잘 안 풀리던 시절에는 불안한 마음에 책이 안 읽혔다. 글도 써지지 않았고 매일을 컴퓨터 앞에 앉아 괴로워했다. 그러한 날을 하루하루 인내하며 버텨냈다. 지금의 순조로움은 그렇게 얻어낸 것이다. 도서관에서 글 쓰는 게 유난히 즐거웠던 까닭이 여기에 있었다.

이런 생각을 하다보니 마음이 놓였다. 이 느낌을 기억해야 해. 잘 기억해뒀다가 나중에 장편 글을 쓰다가 공백기나 일이 잘 안 풀릴 때 자신에게 용기를 불어넣어줘야지. 창작은 긴 여정이라 여러 단계가 있다. 암흑기는 몹시 고통스럽다. 난항을 겪을 때 자신이 누구보다 못나게 느껴진다. 그러한 날을 인내하며 이겨내야지만 안정적인 미래를 만나고, 완만한 언덕을 올라 호시절을 맞이할 수 있다.

소설가 친구가 해준 말이 떠오른다. '서서히 얻은 결실.' 창작이든 연애든 같은 맥락이다. 긴 외길이다. 어느 단계에 있든 필연적으로 그 길을 지나쳐야 한다. 그러나 성실함을 잃지 않고 꿋꿋이 지나간다면 자신만의 길을 걸을 수 있다.

천천히 동성결혼의 길로

2년 전, 헌법재판소의 위헌 심사가 있었다. 2017년 5월 24일, 사법부는 '제748호 해석문'을 공포하여 현행 '민법'은 동성결혼의 자유 보장 및 평등권을 보장하지 않아 헌법에 위배된다고 선포하고, 정부 및 입법기관에 2년 내에 관련 법률의 개정 또는 제정으로 동성결혼의 권리를 보장할 것을 요구했다. 아직도 생생히 기억한다. 그날 입법부 밖에서 환호성을 지르며 부둥켜안고 박수 치던 우리 모습을 말이다. 기쁨에 가득 차 술잔을 기울이러 간 이들도 있었다. 여러 해 동안 싸웠다. 거리에 수없이 나섰다. 드디어 결혼할 수 있게 된 것이다.

작년, 반대 단체가 국민투표안을 제출해 동성결혼에 한해서는 특별법을 제정하자고 주장했다. 성소수자 단체도 동성결혼 법제화를 지지하는 국민투표 안건을 낼 수밖에 없었다. 국민투표를 위해 모두가 정신없는 몇 달을 보냈다. 최종적으로 국민투표 결과, 특별법을 제정하자는 의견이 과반 이상의 표를 얻었다.

모든 일은 변수가 있기 마련이다.

올해 행정부에서 '사법부 제748호 시행법'을 내놓았다. 나는 페이스북에 5월 24일이 지나면 구청에 혼인신고를 하러 갈 것이라고 언급한 바 있다.

바이오스 먼슬리BIOS monthly에서 나의 결혼 소식을 듣고 웨딩사진 촬영을 제안했다. 우리는 오래 상의한 끝에 가볍게 촬영하기로 했다. 몸이 왜소한 나에게 잘 맞는 드레스를 찾기 어려웠다. 현장에 가서 입어보고 나서야 몸에 딱 맞으면서 마음에 드는 드레스를 찾을 수 있었다.

촬영 당일은 선선했다. 우리와 바이오스 직원 일행은 집 안에서부터 지저우안에 이르며 사진을 찍었다. 지저우안에 펼쳐진 잔디와 건물이 아름다웠다. 웨딩드레스를 입은 채로 난생처음 반 묶음 올림머리를 하고 메이크업까지 받으니 마치 새색시가 된 듯한 느낌에 사로잡혔다. 그날 짜오찬런의 차림새도 마음에 쏙 들었다. 피크닉을 나온 것만 같았다. 치맛단을 살짝 든 채로 초원 위를 달리고 까르르 웃으며 이야기를 나눴다. 지저우안의 오래된 건축물 안에서 조용히 마주 봤다. 내가 웨딩사진을 찍게 될 줄은 미처 몰랐는데. 그날, 우리는 다시 그해의 화롄 해변으로 돌아간 느낌이었다. 새하얀 옷을 입고서 그윽한 눈빛으로 뚫어지게 쳐다보며 실컷 웃었다. 정중하게 손을 잡았다. 이는 우리의 맹세였다.

웨딩 촬영도 마쳤고, 구청 행정기관 예약도 잡았다. 부모님께도 알렸으니 5월 24일만 기다리면 됐다.

또다시 변수가 생길 줄은 몰랐다. 동성애 반대파 의원이 안건 두 개를 제출한 것이다. 그중 하나는 '결혼'을 '결합'으로 바꾸자는 안이었다. 심지어 위장 결혼 방지 조항까지 있었다. 이 황당무계한 안건 때문에 성소수자는 다시 가두로 나서야 했다.

이 글을 쓰고 있는 지금, 우리는 5월 17일 입법부의 심의를 기다리는 중이다. 그날 우리 모두 입법부에 가서 최종적으로 어떤 법안이 통과될지 기다릴 것이다. 웨딩사진 촬영도 마쳤고 연회장 예약도 마쳤는데 만일 결혼이 '결합'이 된다면 혼인신고를 하지 않을 거라고 말하는 친구도 많았다. 서러웠다.

그냥 결혼이 하고 싶을 뿐인데. 왜 이렇게 힘든 걸까?

수년 전부터 나는 줄곧 '10년'이라는 책을 쓰고 싶어서 나와 짜오찬런의 결혼 생활을 기록해왔다. 반동성애 단체와의 지난한 대항을 거치며 동성애자로서 험난함을 겪어왔다. 그 아름답고 순수한 웨딩 사진을 보며, 촬영을 한 그날을 회상했다. 예전에는 합법이냐 아니냐는 중요치 않다 생각했다. 하지만 시간이 흐르고 나서야 깨달았다. 합법이란 동성애자를 차별 없이 동등하게 대하는 것이라는 것을. 그리고 결혼이란 동성애자가 마땅히 누려야 할 권리라는 것을.

나의 동성결혼 10년. 성소수자 단체가 걸어온 수십 년. 그저 행정부의 법안이 최종적으로 통과되기를 기원한다. 그저 연인들이 가족이 될 수 있기를 기원한다.

같이 산 지 십 년
同 婚 十 年

초판 인쇄	2021년 3월 26일
초판 발행	2021년 4월 9일
지은이	천쉐
옮긴이	채안나
펴낸이	강성민
편집장	이은혜
편집	신상하 곽우정
마케팅	정민호 김도윤 최원석
홍보	김희숙 김상만 함유지 김현지 이소정 이미희 박지원
펴낸곳	(주)글항아리 | **출판등록** 2009년 1월 19일 제406-2009-000002호
주소	10881 경기도 파주시 회동길 210
전자우편	bookpot@hanmail.net
전화번호	031-955-2696(마케팅) 031-955-1903(편집부)
팩스	031-955-2557
ISBN	978-89-6735-891-4 03820

- 글항아리는 (주)문학동네의 계열사입니다.
- 잘못된 책은 구입하신 서점에서 교환해드립니다.
  기타 교환 문의 031-955-2661, 3580

geulhangari.com